# ナインティーズ

# 90's

西寺郷太
Gota Nishidera

文藝春秋

# 90's
# ナインティーズ

## 目　次

カバーイラスト＝チカツタケオ
ブックデザイン＝中川真吾

# 第1章

# Once Upon A Time In SHIMOKITAZAWA

九四年・冬――九五年・春

## （一）聖地

下北沢ビッグベンビルの地下階段を一歩ずつ降りてゆくごとに、ビールやドリンクを手に持ち仲間同士で談笑する場慣れた男女の姿が増えてゆく。辿りついた受付の向こう側には色とりどりの告知用ポスターと重厚な防音扉。入口で予約リストを手にしたスタッフにゆっくりと名前を告げた瞬間、自分の未来に対するほのかな予感が全身を包みこんだ。

九五年四月二十二日土曜日夕刻。

この二日後にはオアシスのニュー・シングル〈サム・マイト・セイ〉がリリースされている。夏には彼らの人気を不動のものとした〈ロール・ウィズ・イット〉と、ブラーの〈カントリー・ハウス〉が同日発売。「ブリット・ポップ戦争」などとも言われた若きギターバンド達の狂騒の余波が、東京で最も鮮烈に届きスパークしていた場所。それこそが、前年に開店したばかりでまだどこか真新しいライヴハウス CLUB Queだった。僕は、今まさに、初めて訪れる噂の「聖地」に足を踏み入れようとしている。十代から二十代の音楽ファンでぎっしりと会場が埋まった、この夜のイベントには四つのバンドが登場。僕の目当ては、秋葉原の凸版印刷で出会ったバイトの先輩、ワクイさんがヴォーカル、ギターを務めるＳＴＡＲＷＡＧＯＮ（スターワゴン）だった。

　遡ること四ヶ月前、つまり九四年十二月末のこと。二十代後半の派遣社員・ワクイさんは、一メートル八五センチほどの長身細身で眼鏡をかけ、ネルシャツに色落ちしたブルーのジーンズというスタイルで、僕がバイトを始めたばかりの凸版印刷内「電子メディアサービス」にやってきた。大学三年生だった僕は、ほんの少しだけ先にいた都合上「先輩」ということに。ワクイさんも気を遣ってか初日は明らかに年下の僕に対して名字に「さん付け」で呼んでくれていた。しかし、休憩時間に音楽の話をし始めると、立場が急速に逆転してゆく。

　ワクイさんは、バンドマンだった。グループの名はスターワゴン。メンバーは、ドラムとギターが双子の上条兄弟。そしてベーシストは僕よりたったひとつ年上なだけ、二十二歳の林ムネマサ。上条兄弟は、数年前すでに女性ヴォーカルを擁したロコ・ホリデイズというバンドで一度デビューしており、解散後に再出発して組んだのがスターワゴンだという。ワクイさんはスターワゴン結成当初、ベースとヴォーカルを担当していたが、演奏のバリエーションを増やすため、若い林をベーシストに誘い、自分はギタリストにスイッチしたばかりだと教えてくれた。僕はベースもろくすっぽ弾けないのに、最近加入したという会ったこともない若い林に嫉妬するほど、音楽知識が異常に豊富で人心掌握術にも長けたワクイさんに出会ってすぐに心酔していた。

プロ・ミュージシャンになる、という小学生の頃からの夢を抱いて、故郷の京都から上京してから約三年。僕は、絶望の淵にいた。入学した早稲田大学で「トラベリング・ライト」なる音楽サークルに入り、幹事長と呼ばれる代表者の役割にもついたが、結局サークル活動を終えるまで理想のバンドは組めずじまい。大学生のミュージシャンが行うライヴは、ほとんどの場合内輪の仲間が客、オーディエンスとなる。ライヴハウスを貸し切り、四十人くらいがその場にはいるが、その基本はあくまでも出演者でありサークル内で順番に見せ合っているだけ。クラスの友達などに頭を下げて、観にきてもらうことも多かったが、一度目は非日常の雰囲気を楽しんでくれていても何度もは来ない。皆、それぞれの日々の暮らしに忙しいのだ。

作詞作曲と歌が担当だった僕が仕切っていたバンド「スリップ・スライド」は、各楽器のメンバーにイベントやライヴの予定が決まるたび頼みこんで活動する状態のまま、学生生活の最後を迎えていた。大学三年生の秋には意を決して、ミスター・チルドレン、スピッツ、ザ・イエロー・モンキーなどの人気バンドを輩出した老舗、渋谷La.mamaが昼間に行っているオーディションも受けたが、店長から厳しい助言をされ夜の部に昇格出演することは出来ず空中分解。結局、思い返せば僕ひとりが頑張って「バンドのような形」を守っていただけでしかなかった。ライヴの日程が決まるとまずは欠けたパートのメンバーを埋めるため頭を下げることの繰り返し。高校生の頃に思い描いていた理想とは程遠い負のサイクルからどうしても抜け出せなかった。

こんなはずじゃないのに……。辞めたくなる彼らメンバーの気持ちもわかる。プロのミュージシャンと違って、学生時代のバンドは組めば組むほど、活動すればするほどお金と時間を失うものだ。もちろん仲間と同じ目標を持ってバンド活動を楽しめている状況であればそれでも良いのだが、練習スタジオ代は基本折半、ライヴハウスを借りてもチケット代が支出を上回ることはほぼないので大抵は赤字となってしまう。バンドにおいて比率的に人数の少ないのはベースやドラム。中でも優秀なプレイヤーは方々から引っ張りだこ。だからこそ、優れたリズム・セクションこそ気が乗らない相手に対して安請け合いはしてくれない。音楽的バックボーンを持ち夢を抱いた若者たちが全国から集結する東京で暮らし、大学のサークルに所属さえすれば、絶対的な信頼関係で繋がるパートナーたちに会えるはずだと信じていた僕だったが、状況は歳を重ねるごとに厳しくなっていった。

大学三年、九四年の師走。サークル活動を代表としての役割である「幹事長」任期満了で終えた僕は秋葉原でバイトを始める。職場に颯爽と現れたインディー・ギターバンドのリーダーが、ワクイさんだった。ワクイさんの語る言葉、特に七〇年代や九〇年代の僕が知らなかった宝石のような音楽達、そして様々なバンドやアーティストの四方山話、文学と映画。その教養と暮らし方すべてに僕は魅了されてゆく。

派遣社員のワクイさんと、まだ学生で授業のある僕は常にバイトで一緒になれるわけではなかった。元来、人に対して蓄積してきた蘊蓄を語り、教えることが好きな「先生タイプ」のワクイさんにとって、自分が勧めた音楽だけでなく本、映画に関してもフレッシュなリアクションを返す六歳下の僕の登場は仕事場でのいい暇潰しになったのではないだろうか。ウディ・アレンの映画はレンタル・ビデオですべて観るように、ピーター・キャメロンの翻訳された小説は読むようになどという彼の助言を僕は短期間で完全に遂行した。何より楽しかったのが宿題として出された音楽、映画や本の感想を彼に伝える「答え合わせ」の瞬間。タイミングが合った日は、ワクイさんと一緒に帰れる。約一五センチ背の高い彼と古今東西の様々な作品について語り合いながら、下品なほど鮮やかな電飾がきらめき始める夕暮れの秋葉原の街を並んで歩く。赤、青、ゴールド、エメラルド・グリーン。駅までもっと遠ければいいのに、そうすればもっと色んな話が出来るのにと心から思う。二十一歳の僕にとって東京に生きている意味を感じられる誇らしく芳醇な景色が、そこにあった。

決定打は出会ってから数週間経った後、訪れた。彼が、ふとした会話の流れで「俺らのバンドのＣＤは……」と言ったことだ。ワクイさんには意地悪で悪戯好きなところがあった。敢えて僕が衝撃を受けるベストな瞬間を見計らっていたのだと、今になれば思う。もしも僕が逆の立場ならば、出会った若者がミュージシャン志望だとわかれば即座に「俺、ＣＤも出してるよ、聴いてみてよ」と言うだろう。しかし、ワクイさんは熱く自分の夢を語る僕に対して、溜めに溜めてから弾丸のようなその一言をトークに織り交ぜたのだ。

「え？　今、なんて言いました？」僕は聞き返した。

「いや、俺らのバンドのＣＤ？」

「ＣＤ出してるんですか⁉」

「そうだよ」

「なんなんですか！　どこに売ってるんですか！　早く教えてくださいよ！　帰りに買いに行きます！　なんなんですか！」

僕は、発狂寸前。声のトーンは甲高く上がっていたことだろう。正直、その時の感情は怒りにも似ていた。この人は僕の心を完全に弄《もてあそ》んでいる、と。自分の直接話している人が、ＣＤをリリースしているなどという経験はそれまで僕にはなかったのだから。

「で、ワクイさん！　スターワゴンのＣＤは、どこに売ってるんですか？」

「まぁ、落ち着けよ、ゴータ」

ワクイさんは、僕の反応が予想通りだったことに満足したのか笑っている。そして、一呼吸置いてからこう告げたのだ。
「池袋のタワーレコードなら、売ってるんじゃないかなぁ?」

## (二) 君は愛のために死ねるか?

池袋のタワーレコードになら、自分のバンドのCDが売られているかもしれない、というワクイさんが放った「御託宣」。

バイト帰りの僕の眼光は、狂気に満ちていたはずだ。今まで何度でもチャンスはあったのに彼はこれほどまでに肝心なことを黙っていたのだ。駅前の雑踏を歩く人々が「明らかにヤバい奴がいる」と僕を避けて早足になるほどのテンションで山手線を内回り、上野方面に急ぐ。一秒でも早く池袋「タワレコ」に直行しなければ。僕は、ポータブルCDプレイヤー「ディスクマン」とヘッドフォンを常日頃携帯している。CDを購入しさえすれば、即聴ける。東中野でひとり暮らしをしている僕は、プリンスが映画『パープル・レイン』でカスタムして乗っていたHONDA CM400Tを更に小さくしたような、アメリカン・スタイルの原付HONDA JΛZZで大学まで通っていた。少し前まで、新宿靖国通り沿いのレーザーディスク専門店「松竹ビデオハウス」でバイトをしていた僕にとって、「タワレコ」と言えば新宿オンリー。ほぼ初めて訪れるに等しい池袋は、自分にとって見慣れぬ巨大な異文化圏だった。
この夜、僕は人生最大の衝撃を受けることになる。なんと、スターワゴンが前年九月にリリースしたミニ・アルバム《サムワン・トゥ・ダイ・フォー》が、情熱的な店員による巨大な手書きキャッチ「君は愛のために死ねるか？」とともに面出し、大プッシュ展開されていたからだ。仮にひっそり一枚のCDがインディーズ・コーナーの「S」の棚に刺さって売っていただけだとしても心の奥底から感動したことだろう。しかし、状況は想像を遥かに超えていた。ピンクの台紙のコメント・カードに、僕の目は釘付けになった。

「世界と共鳴するバンド、我らがスターワゴン！　レーベル・メイトのエドウィン・コリンズも絶賛！」

正直、僕はエドウィン・コリンズが誰かよくわからなかった。しかし、自分がさっきまで会っていた、同じ仕事場で働いている人物の音楽を海外のミュージシャンが褒めているというその事実は、頭の回路をショートさせた。嘘だろう？　どれだけ僕が彼を尊敬していると言っても、ワクイさんはまだ派遣社員としてバイトをしている存在じゃないか。そう言えば、ワクイさんは僕にこんな風に言っていた。バンドのメンバー上条兄弟は二十八歳、自分も二十七歳。「もう若くないしね。上条兄弟は一度、別のバンドでデビューしててさ。一回、解散してるのよ」

彼は続ける。自分たちは旧態依然としたメジャー・レーベルや事務所などから利用され、本来のミュージシャンとしての主義主張を変えられることに慎重なのだ。全編英語詞で、あくまでも海外の音楽シーンと歩調を合わせてマイペースで進んでいきたい。だからこそ、基礎となる日々のお金はバイトで稼ぎ、クリエイティビティを守るんだ、海外にはそんなバンドが沢山いるんだ、と。そんな語りを断片的に聞くたびに僕は「この人、めっちゃかっこいい！」と心の奥で咆哮《ほうこう》していたのだ。


次の瞬間、試聴機に入ったＣＤ《サムワン・トゥ・ダイ・フォー》を見つけた。僕の脳裏にこれまでに交わしたワクイさんとのやりとりがフラッシュバックしてゆく。

「ワクイさん、あの、どこにお住まいなんですか？」

「石神井。練馬だよ。西武池袋線。一軒家を借りててさ、共同生活してるんだよ」

「え、バンドで？　メンバーとですか？」

あまりの興奮で僕は質問を止めることができない。

「ドラムとギターの上条兄弟は双子でさ。元々一緒に住んでたんだよ。ただいっつも俺が深夜まで通ってて、家賃もなんだか勿体ないじゃないかって話になって。相談して、俺も混ざって三人で暮らすことにして。機材も一箇所に集められるし」

リビングを簡易的にレコーディング出来るスタジオに改造したその一軒家で、夜にメンバー同士で緊密なやりとりをしながら自宅録音をしていると彼は言う。

「ドラムは流石に無理だけどね、ギターやベースは何回やり直してもオープンリール持ってるからスタジオ代もかかんないし、曲作りもやりやすいしさ」

僕が同意の相槌を打つことすら出来ないほど、羨望の眼差しで彼を数秒間見つめているのを確認してから、ワクイさんは平坦な抑揚を守りながらこう続けた。

「機材車が停められる駐車場付の一軒家、音もある程度出せるってなると、ちょっと都心から離れないと。練馬、超住みやすいよ。ザ・バンドの《ビッグ・ピンク》みたいでいいでしょ？」

初めて垣間見た「大人のバンドマン」の暮らし。絶句してしまうほど心を震わせた僕は、空白が気まずい間に変わるギリギリのタイミングで思い出したように更なる質問をぶつけた。

「バンドで……、機材車も持ってるんですか⁉」

「アンプとかドラムセット運ぶからさ。それが三菱のデリカスターワゴンってクルマで。そこからバンド名も取ったんだよ、テキトーだろ」

ヘッドフォンを恐る恐る装着し、ヴォリュームを最大に上げ、準備をする。数字のスウィッチを探し、試聴機のプレイ・ボタンを押すと銀色に光るディスクが選ばれ、カチッとセットされ回り始める。次の瞬間……。僕は完全に崩壊した。

初めて聴くワクイさんの歌声、メロディックなベース、ザ・ポリスのアンディ・サマーズを彷彿とさせる上条盛也さんの変幻自在のギター・サウンドと、パワフルでエモーショナルな上条欽也さんのドラム……。

僕のそれまでの「魂」はこの時、スターワゴンによって一度抹殺された。そして、彼らはまた新たに生まれ変われるようにとその轟音サウンドで強く抱きしめ、その後の僕の人生を塗り替えてくれた。そう思う。


翌日、バイト先の休憩時間に買ったCDを手に持ち、熱く燃えたぎるような感想を伝える僕に対して、ワクイさんは軽く咳払いをした後、こう言った。

「まだまだだよ。次が勝負だから。アルバム作ってる」

「CD出せるなんて、本当に凄いです。欽也さんのドラムも最高ですし。生で観たいです。誘ってください」

彼は僕が机に置いたCDの赤いジャケットをゆっくりと眺めながら言った。

「ビートルズみたいな、ストーンズみたいなバンドを組みたいと一度音楽の道を目指した者は誰もが思う。俺もそうだった。地元や学校で十代で知り合い、青春を分かち合ってデビューしたバンドね。人生を混ぜる。最初にレコーディングするとかさ。海外行くとかさ。

ビートルズの場合はハンブルク行って仕事したりね。メンバー同士が全部初めての体験を分かち合って大きくなるバンド。仲良いだけじゃなくてお互いに対する特有の愛憎、ライバル関係も保ちながら」

「はい」

「物語がそこにあるでしょ。でもね、二十代で知り合って組んだバンドはもうたいていダメなのよ、普通は」

「普通は」

「それぞれすでに自分が確立され過ぎているのよ。好みから、生き方、主義から何もかもね。だからマジックが生まれにくい。俺もずっと悩んでたんだよ。でもさ、スターワゴンの場合はちょっと違う気がしてさ。双子の上条兄弟がいることでグルーヴに他にない一体感が備わってる気がする」

「それ、わかります。それこそ、ビーチ・ボーイズもオアシスも兄弟ですもんね」

ワクイさんは頷いた。

「そう、バンドって『兄弟』か『幼馴染』になれるかどうか。それがポイントなのかも。そういう意味では今、俺が兄弟と一緒に暮らしてるのは大きい気がする」

九五年前半は、日本史上でも稀に見る大事件、災害が起こる動乱の中にあった。

まずは、一月十七日に起きた阪神・淡路大震災。そして、三月二十日にはオウム真理教による同時多発テロ「地下鉄サリン事件」勃発。その後のワイドショーや新聞、雑誌はオウム一色に塗りつぶされている。

僕はバイトと学生生活を繰り返しながら、定期的に弾き語りライヴを西早稲田の老舗ロック・バー「ジェリージェフ」で行わせてもらっていた。しかし、年末の「バンド」消滅から再起を図るつもりだった三月末のライヴは惨憺たる結果に終わる。確かに知り合いや友人の中に僕の歌や音楽の支持者も数人はいた。しかし、自分が子供の頃から目指してきた音楽は「弾き語り」で表現出来るような世界でないことを、自分自身が一番よくわかっている。このまま演奏者としての実力がない僕がひとりでどれだけ一生懸命ギターを練習したところで、未来はない。泥酔したサークルの一学年下、山岡芳彦にも「僕はなぜゴータさんが今の状況でそこまで自信を持てるか正直理解出来ないっす……。正直演奏も下手クソだし、メンバーも、今後の展望も……何もないじゃないですか」と嘲笑されるほど。サークル生活は年功序列。「ヨシ」と呼んで可愛がっていた年下のギタリストはその暴言を呂律の回らない状態で僕に投げた後、行きつけの居酒屋「一休」の壁に身を委ねて眠ってしまった。ただどこかにある本心を直接言ってくれるだけありがたくもある。後輩にも見切られている自分が情けなくて言い返せなかった。

三年の大学生活、モラトリアム期間を経て、東京で音楽的パートナーの信頼を得ることが出来なかった。すでに、僕は二十一歳。マイケル・ジャクソンならジャクソン・ファイヴを終えて、ジャクソンズや、実質的ファースト・ソロ・アルバム《オフ・ザ・ウォール》でも成功を収めている。プリンスもサード・アルバム《ダーティ・マインド》をリリース。ワム!のジョージ・マイケルは〈ケアレス・ウィスパー〉も〈ラスト・クリスマス〉も発表し、世界的なヒット・ソングにしている。嫌になる。自分はもう決して、断じて若くなどないのだ。まさに夢の終わり、どん詰まりだった。どうすればバンドが組めるのだろう。どうすればプロのミュージシャンになれるのだろう。

ずっと思い込みの国に生きてきた。自分は必ず音楽の道で暮らしてゆくに違いないと。子供の頃から世界を騙し絵のような視点で見ているうちに、そう生きるしか道がなくなっている。少し前までは強気でいられた。思い込みの何が悪い? 客観的な現実を受け止める必要があるのか、絶対的に正しい評価なんてそもそもあり得ない。

そして、迎えた大学最終年。九五年四月。バイト先で出会ったミュージシャン、ワクイさんだけが、僕に射した一筋の光に思えた。興奮しきった僕が、最速のタイミングで彼らのライヴを体感しに行ったのが、下北Ｑｕｅでの、四月二十二日のイベントだった。その夜から約二年間、僕は下北沢のライヴハウスや居酒屋で先輩や同期、後輩も含めたバンド仲間達と呑み、語り、クラブで踊る生活を続けることになる。それぞれのガールフレンド、ファンなど、溢れんばかりのエネルギーに満ちた女性たちとの出会いと別れ、御伽噺《おとぎばなし》のような激動の日々。

ブー・ラドリーズ〈ウェイク・アップ・ブー!〉のファンファーレが、朝が来るたびに国歌のように鳴り響いた。ギターポップの季節が、確実にそこにあった。

## (三) 宇宙のようにだだっ広い街

九五年初頭の世界でPCに精通してない学生が誰かと連絡をとるには固定電話か、留守番電話にメッセージを残すしかなかった。女子高生の間ではポケットベルは存在し大流行していたようだが、少なくとも僕の周りでは数人がバイト先から嫌々もたされている程度。どこにいたって呼び出され縛られている人生なんて可哀想だな、と思っていた。

音楽サークルに所属している僕などは、数十秒の留守番電話のメッセージに自分の曲を歌ったり、ホラー・テイストのBGMにシリアスなナレーションをつけてみたり色々工夫して楽しんでいたが、すべてが恥ずかしい想い出だ。

例えばデヴィッド・ボウイが好きな僕は、ある時期初期のヒット・シングル〈スペース・オディティ〉を留守電に利用していたのだが、アコースティック・ギターのイントロに乗って得意げに喉の奥を響かせたボウイ調の発声でこんな台詞を収録したものだ。「すみません（異様に低い声で）ワタクシは今、ちょうど宇宙に旅立った瞬間でして地上にいません。無事に帰ってこれましたらこちらから連絡させていただきますのでお名前と電話番号をどうぞ」それに重なるように『カウントダウン開始、エンジン点火』というボウイの歌声がバックに響く。小学四年生からのデモ・テープ制作で鍛えているのでカセットテープの録音と編集はお手のもの。急ぎの用で電話を掛けた側からすれば、早くメッセージ録音させろよという思いでいっぱいになったはずだが、お互い様だ。音楽サークルでは、たいていの連中が様々な趣向を凝らしたパターンを作って更新し仲間内のウケを狙っていたのだから。

「もしもし、ただ今、留守に」と前半は低音声で神妙に、いかにも留守電感を出しつつ、途中で「あ！　もしもーし！」と急に元気なテンションに変化するが、それも結局録音。相手を騙して笑っている、という下らない作戦もあった。

九五年春の時点で携帯電話を持っている大学生、若者はほとんどいなかった。少なくとも僕の周囲では。情報源はテレビやラジオ、新聞、雑誌。そして何より身近な友人から直接得たものばかり。だからこそ「その場にいる」ことが何より重要だった。大学生であれば、サークルのラウンジや部室で暇を潰す。僕がそれまで入っていた音楽サークル「トラベリング・ライト」の場合、大隈講堂の向かいに存在した第二学生会館というビルの一階が溜まり場。四六時中そこにたむろしていた。待っていた人間と会えなかったことも日常茶飯事。偶然居合わせたメンバーで飲みに行くことを繰り返す。効率は悪いが、そうでもしなければ生まれ得ない仲間とのコミュニケーションは確かにあった。

必要不可欠だったのが連絡帳「ラウンジ・ノート」。例えば「どこどこの喫茶店に誰々と一緒に何時まででいるから来て」とか「地下のスタジオＩＮＡＦＵＪＩでセッションしてるから来い！」などと手書きで記されている。ちょっとしたギャグや、「写ルンです」で撮った写真が貼られていたり、バンド・メンバーに向けてスタジオでの練習のスケジュールや、絵などが描かれていることもあった。牧歌的なものだ。九五年と言えば、時代的には「渋谷系」全盛、いや、歴史を振り返った基準でみれば、それぞれのバンドやアーティスト達が独立した道を歩き、すでに狂騒的なブームには陰りが出てきた時期だと見なされているのかもしれない。しかし、僕は東京に暮らしていながら、同時代の日本独自の音楽文化の動きをほとんど何も知らなかった。

僕が心酔していたのは、マーヴィン・ゲイや、スティーヴィー・ワンダー、ザ・テンプテーションズなどの六〇年代からのモータウン・レジェンド。そして、スライ&ザ・ファミリー・ストーン、ジェイムズ・ブラウン、シックや、クインシー・ジョーンズがプロデュースしていた時期のブラザーズ・ジョンソン。大学に入ってから、周囲の影響で染みるように好きになっていったスティーリー・ダン。

同時代のアーティストであれば、何と言ってもジャミロクワイ。九五年三月十七日に生ジェイ・ケイを目撃した恵比寿ガーデンホールでの「ザ・リターン・オブ・ザ・スペース・カウボーイ・ツアー」の衝撃は忘れられない。ジェイ・ケイを真似して大きなニット帽を被った僕は、ステージ前列ど真ん中に陣取ってなりきって踊った。音楽の奇跡を弾み響く低音に集約したかのようなスチュワート・ゼンダーのベース。そしてキーボードに、究極の天才トビー・スミス。あの時期の「バンド」、ジャミロクワイは最強だった。あまりにも突出したメディア露出と、カリスマ性ゆえにフロントマン、ジェイ・ケイ個人の名前が「ジャミロクワイ」なのでは?　との勘違いも多く生んだ。しかし、九〇年代のジャミロクワイは、断じてジェイ・ケイのソロ・ワークスではなかった。

忘れられないのが、ロンドンのクラブ・シーンから大爆発したトーキン・ラウド・レーベルのアーティスト達だ。特に好きだったのが、オマーの〈ナッシング・ライク・ディス〉。九二年八月、大学生になって初めての夏休みにパリに留学したのだが、「ジャケ買い」してハマったヤング・ディサイプルズのファーストには、脳天を撃ち抜かれた。特に痺れたのが〈ムーヴ・オン〉のイントロのドラムの「生」感覚とサンプリング・フィール。八〇年代のポップ・ミュージックを支配したフェアライト、シンクラヴィアなどによる人工的でメタリックなシンセサイザー・サウンドはすでに過去の遺物となっていた。

ひとりの時間にすることと言えば一心不乱に音楽を聴いたり、本を読んだり、ビデオを観たり。特に十八歳の夏、故郷の京都からも、ようやく慣れ始めた東京からも離れ、ひとりきりフランスで聴いたアシッド・ジャズは心を踊らせ、身体に寂しく沁みた。

九〇年代初頭。時代の寵児といえばレニー・クラヴィッツ。そして彼がプロデュースした若く美しきガールフレンド、ヴァネッサ・パラディ。レニーのライヴにはこの時期彼が来日するたびに足繁く通った。特に九四年「ザ・ユニヴァーサル・ラヴ・ツアー」の終演後、ドラマ「あすなろ白書」で俳優としてスターダムを駆け上っている最中の木村拓哉が、武道館の喫煙所で全身をＥＶＩＳＵのデニムで固めひとりタバコを吸っていた姿は、強烈な時代の空気感として胸に刻まれている。

いわゆる「洋楽オタク」として成長してきた自分にとって、唯一の例外がジャニーズ音楽、特に八五年十二月に長い下積みの末にデビューした超本格派・少年隊だった。九〇年代、同じジャニーズ事務所から登場したＳＭＡＰも、冒険心に満ちたシングルをリリースするごとに大好きになっていた。飾らないストリート感覚を纏《まと》った彼らこそ九〇年代日本の変化の象徴と言えるだろう。

最も覚えているのが九五年一月二十日金曜日、夜八時。テレビ朝日「ミュージックステーション」の生放送での出来事だ。ＳＭＡＰは三日前に日本を襲った阪神・淡路大震災の衝撃を受けて、リリースされたばかりの最新シングル〈たぶんオーライ〉を〈がんばりましょう〉に急遽差し替える。歌唱前にグループ最年長でそれぞれ二十二歳の木村拓哉、中居正広の顔が順にアップになり、被災者への実直なメッセージを添えた。当時「アイドル」が臨機応変な姿勢を見せ自分の言葉で災害時に語りかけるのは珍しいことだった。まさにその瞬間、上り調子のサイクルに入っていたＳＭＡＰが日本芸能界の頂点に立った。

もちろん、八〇年代からサヴァイヴしてきたＵ２、プリンス、マイケル・ジャクソン、ジャネット・ジャクソン、マドンナやジョージ・マイケルも変わらずに四六時中、浴びていた。新世代のＴＬＣや、ブラックストリート、ベック、どこまでも澄んだ宝石のようなアイズレー・ブラザーズのカヴァー〈アット・ユア・ベスト（ユー・アー・ラヴ）〉で心を鷲掴みにされたアリーヤ。そして、もちろんビートルズ。レーザーディスク・ショップのバイト仲間のベーシスト、斎藤健介君が教えてくれたスモール・フェイセス。レッド・

ツェッペリン、ローリング・ストーンズ、ザ・フー、デヴィッド・ボウイ、初期のトッド・ラングレン。ボビー・ブラウンやベル・ビヴ・デヴォーなど、ニュー・エディション一派も一時の勢いは落としてはいたが、自分はずっと好きで聴き続けている。ニルヴァーナや、レッド・ホット・チリ・ペッパーズ、ブラーは友達のバンドがコピーしているヴァージョンを繰り返し聴いて、そちらを先に覚えてしまったタイプのバンドだ。

僕は高田馬場、早稲田、新宿、および中野、高円寺など中央線沿いの中古レコード屋、古本屋巡りを繰り返すだけに時間と情熱を費やしていた。それでも僕には十分過ぎるほど、宇宙のようにだだっ広い街「東京」が抱く音楽や文学の歴史、蓄積は無限で果てしなく、優しかった。上京からの三年の間。渋谷という街にはほぼほぼ縁がなかった。下北沢も同じ。街や居場所で完全に世界が分断されていた。

だからこそ、向かう場所を変えるだけで「未来」は完全に変えられた。そう、たった一夜で。いとも簡単に……。

## （四）群雄割拠

九五年四月二十二日土曜日。初めて意識的に「下北沢駅」に降りたった僕は、地下二階にあるＱｕｅの入口を大音量を全身に浴びながらくぐり抜けた。看板には、この夜のイベント名『GOD BLESS YOU #1』がカラフルな手描きで記されている。

下北沢のバンド・シーンは、群雄割拠。この夜出演したのは四つのバンド。バブルバス、ピールアウト、スターワゴン、Ｎ・Ｇ・ＴＨＲＥＥ。Ｑｕｅは、それまで僕が客として訪れたり、音楽サークルで貸し切って演奏してきた東京のライヴハウスとはフロアの形状が異なっていた。奥行きがなく横に広かったのだ。例えば老舗の新宿ＪＡＭ、吉祥寺曼荼羅、四谷フォーバレー、吉祥寺シルバーエレファント、ハードコアバンドの聖地・高円寺20000V、円形劇場を小型化したような渋谷La.mamaなどに比べても、サイズとしては少し狭めの「ハコ」だった。

まず驚いたのが、若い女の子の集団がステージ前列を固めていたこと。後にすぐわかるのだが、十代でカラフルなＴシャツなどをピタッとしたサイズ感で着た女子達の多くは、勢いに乗りまくっていたスリーピース・バンド「Ｎ・Ｇ・ＴＨＲＥＥ」のギター、ヴォーカル新井仁さんのファンであり「新井ギャル」などとも呼ばれる一群だった。とは言え、彼女達もイベント・スタートから終演まで、すべてのバンドのパフォーマンスを全身全霊で楽しんでおり、場の空気をおもちゃ箱をひっくり返したような華やかさで染めている。

これまた後にすぐわかるのだが、客の中にはメジャー・レコード会社のディレクターや、新進気鋭のバンドマンたちと契約を交わそうとする事務所のスカウティング・スタッフ、草の根的に多数生まれていたインディー・レーベルのリーダー達も紛れており、会場で行われる「打ち上げ」には彼らも参加するのが恒例となっていた。僕はその夜、これまで個人的にもらったことなどないメジャー、インディー・レーベルの名刺を何枚も渡されることとなる。とは言え、彼らの多くが二十代から三十代前半の、純粋な音楽ファンであり、それぞれのバンドと有志でサッカー・チームを作ったり、DJイベントを開いたり、友人として信頼関係を結んでいた。

さらなる衝撃は、この夜登場したすべてのバンドのメンバーが「普段着のまま」ステージから歌っていたことだ。特別な長髪や、キラキラしたアクセサリーや、派手な衣装を身に纏った者はひとりもいない。そこには当時もうひとつの大きな潮流となっていたいわゆる「ヴィジュアル系」のような、奇抜なメイクを施している者は誰ひとりいなかった。ともかく皆、普通以上に普通だった。

九〇年代初頭に一世を風靡したレニー・クラヴィッツでさえ、彼がリバイバルさせたベルボトムのシルエットや、ブーツ、ドレッドヘアであからさまに「ロックスター」然としたスタイルで周囲を威嚇し、その七〇年代的生音にこだわった孤高の音楽性を表現していたように思う。八〇年代半ばから後半にかけて、日本中の中高生を飲み込んだ空前のバンドブームにしても同様に派手だった。例えば、BOØWY、JUN SKY WALKER(S)、ザ・ブルーハーツ、X JAPANなど代表的なグループを列挙しても、八九年に大流行した「三宅裕司のいかすバンド天国」から注目を集めデビューしたバンド、フライングキッズ、たま、マルコシアス・バンプやブランキー・ジェット・シティなど多くのグループ名を並べてみても、それぞれ方向性と程度は違うにせよ「偏り」こそを武器にして特色を出している。「ロックバンド」「パンクロックバンド」「ファンクバンド」としてのメッセージを「一般人が暮らす日常生活では見慣れない過激な衣装、メイク、髪の色やツンツンとスプレーなどで立てた奇抜なヘアスタイル」に込めていた。しかし、下北沢ギターポップ・シーンに馴染んでみると、これまで当然とされてきたメソッドが前時代的なものに思える。

加えてQueで観た面々が、二十代半ば、後半という年齢の割に「可愛さ」を保っていることに僕は驚く。大学四年生の自分より年上となると社会人で、それまでは境界線に大きな断絶を感じていた。大学を卒業した瞬間、モラトリアムは終了。誰もが否応なく「大人」の世界に馴染んで当然のように老け込んでゆく。どちらかと言えば「無頼」な生き方がクールとされていたサークルに所属していたせいもある。煙草と日本酒、雀荘で朝まで麻雀。聴く音楽はブルースやファンク。子供っぽいライフスタイルが忌避され、老成した姿に憧れる雰囲気が上の世代には漂っていた。それが悪いわけではない。ただ下北沢で出会った先輩達は、実際に仲良くなって年齢を聞くたびに仰《の》け反り返るほど、皆、見た目も考え方も若々しかった。

上着はネルシャツ、ジャージ、もしくはポロ・シャツ、Tシャツ。ストレートのジーンズ。コンバースのオールスターや、アディダスのスタンスミス、最新のハイテク・スニーカー。髪はナチュラルに眉まで下ろしたストレートのマッシュルーム・ヘア、もしくはなんの変哲もない短髪。まさに自然体そのもの。しかし、よくよく考察してみれば、サイズ感や着こなしに一定のルールがあり、着崩し方、雰囲気を含めて明らかに皆、セレクトしてリラックス・ムードを打ち出していることに気づく。女の子は「オリーブ少女」と呼ばれるボーダーシャツを着た上品で都会的なタイプが半分くらいだろうか。その他のムードの女子ももちろん沢山いたが端的に凝縮して言えば、皆「おしゃれ」だった。客層も含めてこれまで自分が東京で観てきた先輩や仲間のバンドのライヴ、イベントとの圧倒的差異があった。

彼らのファッション、ライフスタイルは「ブラー」「オアシス」のメンバーのような「九〇年代的ドレスダウン」の具現化だったのだろうか。その場にいる先輩達の多くが、大なり小なりデーモン・アルバーンやグレアム・コクソン、ギャラガー兄弟、兄貴分とも言えるポール・ウェラー、もしくはカート・コバーンやベックの影響を受けているように思えた。もっと言えばフリッパーズ・ギターのふたりを中心に語られてきた、いわゆる

「渋谷系」なる文化、一定のルールの中で育んできた同時代感があったのだろう。ピカピカ光るスパンコールの衣装や「八〇年代的」仰々しさのすべてが徹底的に排除されていた。

うっとりとバンドの演奏に見入り、幸せそうに嬌声を上げる女の子達と、俺だっていつの日かと憧れの目で陶酔する男子達の感覚こそが、絶対的な正しさに思える。今までテレビなどで観てきたバンドブーム以降の日本のミュージシャン達とは完全に違った。

集団の中で自分だけが浮いているような気がしてならない。三年間も同じ東京に暮らしていたのに……。遅まきながら僕は気づいた。ギターバンドのメンバーたちの「普段着感」は、今まで僕が体感したことのない発想から選ばれて生まれた新しさだと。「客」「オーディエンス」とのコミュニケーションがあり、マネタイズ、つまりインディーであれメジャーであれ、音楽で生きてゆくための道のり、ヴィジョンが描けているバンドしかいない。僕は仏教徒だが、この時は「旧約聖書」の「モーゼが海を割って、道が生まれた」という奇跡のエピソードを信じるほどに、こんなにも輝く世界が現実にあったのかと目を疑ったほどだ。

最後のヒントは「言葉」にあった。

出演バンドのうち三つが英語でオリジナル曲を歌っていたのだ。僕のそれまでの最大の悩みが、好きな海外のバンドやアーティストのムードで曲作りをしても、最大の難所である言葉の壁ですべてが崩れてしまうことだった。よっぽどのスキルがなければ、日本語にするだけで、どうしても「悪い意味での歌謡曲」になってしまう。僕がいかにスライ・ストーンが好きでも、プリンスやジョージ・マイケルが好きでも、ジャミロクワイやスティーヴィー・ワンダーが好きでも、作曲までは仮にスタイルを踏襲できても、作詞でいつもつまずいていた。いくらどんなに海の向こうのクールな天才達に夢中になろうとも、日本人である自分の音楽との連動、未来につながる道はまったく見えずじまい。しかし、彼らのサウンドは「洋楽」と同じフォルダーの中でそのメロディやサウンド、ヴォーカリストの声の独自性が素直に心に響いた。

英語で歌うのはスターワゴンだけではなく、当時の下北沢インディー・ギターバンド界隈の大きな流れ。ワクイさんに「なぜ英語で歌詞を作るのか？」と尋ねた時、彼は「またこの話をするのかやれやれ」といった様子で頭を掻き、微笑んだ後、こう答えてくれた。「日本人が英語で歌うことは全然おかしくないんだ。世界でも、例えばフランスでも、スウェーデンでも自国の言葉じゃなく、英語で歌って世界的に聴かれているバンドやアーティストは沢山いる。初めて曲を聴いた時にわざわざ、『これは何人？』だとかいちいち考えることないでしょ。シンプルな英語にすることで、世界中の人に伝えることが出来るし。

仮に英語で歌ったとしても、どうしても『日本人らしさ』は出てしまう。でも、それこそが、俺たちのオリジナルな魅力にも変わるんだよ」

## （五）ぽいよね

トリに登場するはずのスターワゴンを目当てに、Ｑｕｅを訪れたはずの僕だったが、二番目に登場した三人組ピールアウトの破壊的なまでに胸に押し寄せる轟音サウンドにまず圧倒される。ヴォーカルとベース・近藤智洋、ギター・岡崎善郎、ドラム・高橋浩司。後にメジャー・デビューし、悲しいほど正直でストイックな姿勢のままに結成からの十一年間を駆け抜けた彼らは、二〇〇五年に惜しまれつつもフジロックフェスティバルにて解散。伝説となっている。

僕が好んで聴いていたファンキーでグルーヴィーな音楽に比べて、圧倒的にオルタナティヴでハードなサウンドが彼らの持ち味。しかし、三人全員が「ビートルズ・シネ・クラブ」に加入していたことが結成の理由というビートル・マニアの彼らと、同じく小学生の頃からのシネ・クラブ会員であり「ビートルズ復活祭」の常連だった僕には楽曲の「軸」、メロディや響き、そしてメンバー同士の物語を重んじる共通点があった。

この年、ポール・マッカートニー、ジョージ・ハリスン、リンゴ・スターの三人が、エレクトリック・ライト・オーケストラ（ＥＬＯ）のジェフ・リンを共同プロデューサー、まとめ役として再集結。十二月、ジョン・レノンが遺したデモ・テープに、ポール、ジョージ、リンゴ三人の演奏や声を重ねた〈フリー・アズ・ア・バード〉が発表されるのだが、この壮大な「アンソロジー・プロジェクト」の噂や情報交換、温度の共有も、僕とピールアウトの三人が仲良くなれた理由だったように思う。

「僕、中学一年生の夏にリバプールに行ったことがあるんですよ。キャバーン・クラブの入口も行きましたよ。子供なんで中は入れませんでしたけど」

ある時、打ち上げで僕は彼ら三人にビートルズの故郷を訪れた想い出を話した。

「へー！　すごいな。そう言えば『ビートルズ復活祭』でキャバーンの煉瓦がプレート付で売られてたよね」

ベース＆ヴォーカルの近藤さんが嬉しそうに言った。

「一度解体されたんだよね。確かその煉瓦、限定五千個で売り出されたんだよ」

ギタリストの岡崎さんも右手でビールのグラスを傾けながら重ねてくる。ドラムの浩司君が飲んでいるコーラの氷を揺らして微笑みながら言った。

「ビートルズが故郷リバプールの本拠地キャバーンで演奏したのは合計二百九十二回」

僕は驚いて返した。「回数まで覚えてるなんて」

「俺本気で『復活祭』でその煉瓦買おうとしてたからね。買っときゃ良かったよ」

ワクイさんと僕の間には「師弟」とも呼べる絶対的上下関係が存在した。他方、ワクイさんと同い年にもかかわらず、浩司君は醸し出す親しみやすさからか、当時から「くん付け」で呼ばせてもらう兄貴的存在だった。

そんな彼も一旦パフォーマンスが始まり「戦闘モード」に入ると、全身全霊でショットのすべてに魂を込めた「ロック・ドラマー」に変貌。十代のバンド生活を「ドラマー」としてスタートした僕にとって、浩司君の「スネア、キック、ハットやシンバルすべてがエモーショナルに歌い狂う」スタイルはひとつの理想で究極だった。

浩司君はお酒を飲まない人だということもあり、打ち上げに参加させてもらうようになってからは、愛車日産シルビアを運転して東中野の僕の自宅までよく送ってくれた。たいていのドラマーはドラムセットなどを運ぶため機材運搬用のハイエースのようなワンボックス・カーや収納スペースの確保出来るステーション・ワゴンに乗っていたのに、浩司君は何故かスポーティでいかにもトランクも狭そうなデートカー「五代目シルビア」に乗っている。色はアイボリー。何人か送る場合、僕の定位置は後ろの席。文句を言える筋合いは何一つないのを承知の上で、よく「シルビア、めちゃくちゃ後ろ狭いですよ」などど後輩らしからぬ軽口を叩いたものだが、バックミラー越しに浩司君は「ゴータ、うるさいよ！」と言いながら笑っていた。

シルビアの車中でふたりきりになった夜には、助手席に座る僕に彼は自身の歴史を教えてくれた。ちょうど僕くらいの年齢の頃の話。どうしてもバンドが組みたかった浩司君は大学を卒業してすぐスタジオ「リンキィディンク」の社員になったという。

「都立大学のリハーサル・スタジオで、店長と社長とふたりしかいないから、俺がまだ三人目でさ」

プライマル・スクリームの《スクリーマデリカ》や、ティーンエイジ・ファンクラブ、マニック・ストリート・プリーチャーズなど、彼が好きなUKロック・バンドの曲を編集したカセット・テープを店内で鳴らしていると、声をかけてきたのが、ZEPPET STOREのドラマー、柳田英輝さんだった。九一年の秋のことだ。

「まずヤナと仲良くなって、すぐにゼペットのメンバーと意気投合。最初にスターワゴンと対バンしたのは、今年の一月。その時、念願叶ってゼペットも一緒になれたんだよね」

「あ、じゃあ、ワクイさんとは出会ってからそんなに時間経ってないんですね」

「そういう意味ではそうだけど、大ファンになったからね。スターワゴンのミニ・アルバム聴いてさ」

赤信号で停車している間、シルビアのハンドル上部を両手で握り、ちょっと前屈みの姿勢になり肘までつけて話すのが彼の癖だ。昼間の渋滞が嘘のようにスイスイと進む山手通りを上落合二丁目の交差点で右折すれば僕のマンションまでもう少し。

「最初の対バンやったハコが、Ｑｕｅ。出来たばっかりでね。一月十四日とか十五日じゃないかな。阪神・淡路大震災発生の直前だったから覚えてるんだけど」

「じゃ、もう僕その時、ワクイさんとバイト先で会ってますね。誘ってくれたら絶対行ったのになぁ。ホント今のスターワゴンとピールアウトのライヴ、一回でも見逃すのが勿体無いです」

「そう言えば、ゴータの家族って関西だよね？　地震大丈夫だった？」

「兵庫県の加古川って町に父方の実家のお寺があって。京都の家もどちらも大きな被害はなかったです。僕は朝起きてテレビを観てびっくりして」

山手通りから早稲田通りへとハンドルをゆったり切りながら浩司君は言った。

「地震から三ヶ月か。サリン事件もあったし、今年は色んなことあって変な感じ」

「本当に。浩司君、今はバンド以外にどんな仕事されてるんですか？」

「タワーレコードで働いてるよ。インディーズ・バイヤー」

「え？」

僕は自分でも驚くほど大きな声を上げてしまった。

「タワレコの池袋店で。自分で好きなバンド、展開出来たりプッシュ出来るから最高よ」

「僕、池袋店でスターワゴンの《サムワン・トゥ・ダイ・フォー》買ったんですよ。大展開されてて超驚いて。腰抜かしそうになりましたよ」

「エドウィン・コリンズも絶賛！　でしょ？」

「そうです！　まさに！」

「俺が書いたんだよ」浩司君は少し助手席に首を曲げて言った。

「えー!!　ワクイさん、『池袋のタワーレコードなら、売ってるんじゃないかなぁ？』みたいにシレッと言ったんですよ」

赤信号でシルビアをストップさせると、浩司君が待ち構えていたように完全に僕の目を見て頬を緩ませる。「店にも展開見にきてたから、もちろん知ってたはずだよ」

「知ってて言ったんですか！　ワクイさん！　あんな風に何気なく！　だから、あのタイミングだったんかー！　うわー、めちゃ策士じゃないですか。まんまとハマりましたよ」

「本当に、友達だからとかじゃなくて、カッコいいって思ってるからプッシュしたんだけどね。正直、やっぱり音がいいからさ。試聴機展開したらめちゃくちゃ売れたよ。でもさ、そうやって敢えてさりげなく伝える感じ、ワクイ君ぽいよね」

浩司君は、悪戯な微笑みを僕に向けた。

「めちゃくちゃ、ワクイさんぽいです」

僕も一緒に笑った。

## （六）熱気

ピールアウトの出番が終わり、軽く放心状態となった僕は入口そばにあるカウンターまでふらふらと歩いた。Ｑｕｅは、卓球のラケットにたとえるならグリップの先端部分が「出入口」、細くなった左手にカウンター、逆サイドにトイレの配置になっており、そのエリアは特に人が密集しやすい構造だった。僕が身体を斜めにして、客の波をすり抜けようとした瞬間、後ろから「あのー、ゴータくんでしょ?」と声がする。振り向くと、肩につく髪の先端だけが縮れて金色に染まった、アメリカで一昔前に大流行した「キャベツ人形」のような女の子が微笑んでいた。

彼女こそが、ライヴの企画者であり下北沢バンド・シーンの最重要人物のひとり、多数のイベントをセッティングしミュージシャン達を繋げていた「ドンちゃん」だった。本業はイラストレーターというドンちゃんは、三枚持っていたドリンクチケットを、親指と人差し指でこするようにして二枚僕にくれる。慣れた手つきだった。

「ワクイさんが、キミを楽屋から見つけて」「まじですか！　ありがとうございます！」

僕は簡易的な衝立の向こう側の楽屋で今まさに準備をしているであろう、スターワゴンのメンバー四人に思いを馳せた。「キミもバンドやってるんでしょ?」

「いや、自分のバンドは今、なくて。ただ、音楽はやってます」

「敬語使わなくていいよ、ドンとかドンちゃんって皆、呼んでる。あたしもゴータって呼ぶからさ。で、どうだった？　ピールアウト、超カッコいいでしょ？　あとでカセットテープもらいな、今日から配ってるからさ」

ドンちゃんは肘でぐりぐりと僕を突きながら、私に任せといてと優しく笑った。

するると、ちょうどそのタイミングで逆サイド、男子トイレのドアが開き、明らかに酔っ払ったハイ・テンションの男が勢いよく現れた。彼はカウンターに置きっ放しにしていたビールを手に取り、ドンちゃんの頬に擦りつけるような仕草をしておどけて叫んだ。

「ハイハイハイ、ピールアウト、サイコー！！！　今日のイベントカンペキ過ぎーっ！！！　ドンちゃん、ありがとー！」

「カズロウ！　やめろよー！　もう」

ドンちゃんは楽しそうに、彼のはいたカーキ色のカーゴパンツを軽く蹴飛ばす振りをする。そのタイミングで、DJが選曲したザ・カーディガンズの〈カーニバル〉に、ステージでドラマーがサウンドチェックでスネアを不規則にパン！　パン！　と叩く音や、キックを踏み込む、ドンドンという重低音が混ざりはじめた。

チェックのためにベースや、ギターのエフェクターを踏み替えることで生じる「ガチャッ、カチャッ、ブーン」というノイズ。今まさにライヴが始まる、そんな緊張感に次第に包まれてゆく。

「ゴータ、こいつ、DJのカズロウ。あとあそこにいる可愛い子はマイカね」

ドンちゃんは、煉瓦の壁の隅に立つ少女に手のひらを向けた。マイカと呼ばれた顔の小さな少女に僕が目をやると、彼女は唇の両端を軽く上げて会釈を返してくれる。ブラウンのベレー帽、同じブラウンのトートバッグを手に持ち、真っ白のシャツに丈をロールアップしたオーバーサイズのホワイトジーンズ。黒いローファーを履いている。彼女の隠しきれない陽性の輝きに一瞬で目を奪われてしまった僕は、敢えて冷静さを保つように心がけた。明らかに雑誌の中から飛び出してきたように放たれるオーラ。僕の目の奥に不自然に浮かんだ動揺を感じ取ったのだろう。ドンちゃんが耳元でこう言った。

「マイカは、事務所に入ってる。絶対スターになる子だよ」

そのタイミングで、カズロウと呼ばれた男が「始まるー!」と慌てて絶叫。ビールをグイッと飲み干すとカウンターに無造作にカップを置き、勢いよくフロアに紛れてゆく。次の瞬間、三バンド目の、N・G・THREEの演奏がスタート。ヴォーカル、ギターの新井仁さんのファンである「新井ギャル」達の甲高い嬌声と歪んだリッケンバッカーの轟音でQueが振動する。これほどの熱狂を、ライヴハウス・レベルのハコで体感するのは初めての経験だった。人の波と熱気がステージに舞い落ちる。

しかし、だ……。僕は正直彼らのプレイを聴いて何度かよろけてしまった。ザ・ジャムを彷彿とさせるスリーピースの、勢いに満ちたガレージ・パンク・バンド。ただ展開部やサビ終わりでドラマーのヒラオカさんがフィル・インを叩くタイミングで、時折楽曲の速度が変わったり、止まったような感覚に陥る。ベーシストの浦敦さんはステージ上を暴れまわり、首を上下に振りながら飛び跳ねて演奏。ただし、リズムがドタバタするのも徐々に慣れてきた終盤になると、彼ら三人の醸し出す不思議なパワーとエネルギーにまんまと魅了されてゆく。オーディエンスのほとんどが、曲を覚えており口遊《くちずさ》みながら楽しそうに揺られて一体化していた理由は、彼らが二年前に《エイト・トラックス》なるCDをすでにリリースし、ビッグ・セールスを記録していたからだ。

僕が驚いたのは、N・G・THREEの出番が終わると、さっきまでステージで歓声を浴びていた新井さんがスーッと楽屋からフロアに出てきたことだ。すぐさま、セントジェームスの紺と白のボーダーシャツを着た女の子のひとりが彼を呼び止め、彼らのCDにサインを求めた。「ありがとねー」と優しい笑顔でサインをする新井さんの元に、おそらく十代後半であろう女子達の行列があっという間に出来た。

遂にトリを飾るスターワゴンの四人が、ステージにそれぞれの楽器を持ってゆっくりと現れる。アンプの目盛りをリハーサルで決めた音量に慎重にセットし直し、アイコンタクトでメンバー同士が確認を交わす。どことなく不機嫌なワクイさんのその佇まいは、トリを務めるプライドに満ち、威厳さえ感じさせる。バイト先での姿と同じグリーンとベージュのネルシャツと上にだけ縁のある眼鏡姿だったが、長身細身のワクイさんが狭いステージの中央で纏うオーラは話しかけることを拒む頑固な職人のそれだった。

ワクイさんと盛也さんがそれぞれしゃがみ込み、足元のエフェクターの位置を調整し、踏み心地を最終確認している数十秒間、僕は少し前にテレビで観た英仏海峡トンネルを通る新しい列車「ユーロスター」のニュースを不意に思い出していた。半年前に開通したその国際列車はドーバー海峡を横断し、ロンドンとパリを繋ぐ。現地で暮らす日本人女性レポーターは、最初ロンドンで英語の車内放送が流れているところから、海のトンネルを抜けた後、風景はほぼ同じなのにアナウンスがフランス語に変わる瞬間にはしゃいだ。「あまりにもスムーズでしたが、確かに国境を越えていたんだ、と言葉の変化で気がつきました」と。僕にとって、今がまさに自分の人生が変わる瞬間、ユーロスターで言うなればトンネルの中に静かに列車が沈んでゆく、そのタイミングなのだろう。あと少し。あと少しで何度も何度も繰り返し聴いたＣＤ《サムワン・トゥ・ダイ・フォー》の楽曲達が遂に生で聴ける。

ワクイさんの事前の話によると、夏には《ディストーションズ》と名付けられた初めてのフルアルバムをリリースする予定で、レコーディングを進めている新曲も披露するとのことだ。スターワゴンの音楽が目の前で鳴った時、全身で浴びた時、僕の感情やその先に広がる世界はどう変わってゆくのだろうか。
　スタートしてからの記憶はうっすらとしていて断片的だ。あまりにも心地よい二本のギターの歪み。パワフルで腰を揺さぶるドラムとベース。恍惚の時間が終わってみて意外だったのが初めて見るベーシスト、二十代前半の林ムネマサがエネルギッシュにはしゃぎ回り目立っていたこと。会場には彼の同世代の仲間も詰めかけており、MCの場面ではフロアから林に対するツッコミの声が飛び、笑いが生まれていた。ステージ上とシンクロした、バンドの意図とは違う内輪ノリがワクイさんの目をほんの少しだけ翳らせる。僕は、憧れのバンドスターワゴンに加入出来た嬉しさが身体中から溢れ、時に叫び声を上げながらベースを奏でる林の姿を心底羨ましく思った。あまりにも彼らに恋をしていたせいだろうか。フロントマンでありながらナーヴァスな職人気質のワクイさんと、天真爛漫な林が放つ陽気な光の落差が激しいのが少しだけ気になった。それは同世代の若い林に対する、単なる嫉妬かもしれなかった。観客として彼らの演奏に釘付けになっている僕には、メンバーもバンドも未来も何もなかったのだから。

　終演後、マイカと呼ばれたベレー帽の少女が人混みの中で軽く右の掌を僕に見せ、微笑みつつ去ってゆく。ドンちゃんが「ゴータ、打ち上げもおいでよ。ただ、ちょっとバンドのメンバー、アンプや楽器の片付けとかあるから」と呼び止めた。「一回階段登って上出てさ、で、下北沢の駅の方に戻ってみて。そしたら、左手地下に『ぶーふーうー』っていう喫茶店あるから。すぐわかるはず。そこで三十分くらい時間潰しててよ。帰ってきたら、私もメンバーも準備出来て打ち上げ始まるからさ」

「『ぶーふー』、え？　なんて名前の喫茶店ですか？」

僕が訝しげに反芻すると、さっきトイレから出てきた「カズロウ」という青年が「あー、ま、いいよ。俺も一回外出るから一緒に行こ」と天井を指した。

## （七）なんという世界

目覚めた瞬間、カーテンの向こうからやわらかい光がこぼれてくるのに気づく。何時だろうか。朝方降っていた雨は止んでいるようだ。始発電車が動き出すまで続いた昨夜の打ち上げの強烈な記憶……。帰宅後、僕は着替えもせず、ロフト代りに使っていた二段ベッドのパイプ階段を朦朧としたままのぼり、そのまま眠っていた。

バイトも学校もない貴重な日曜日。枕元には、昨夜、Ｑｕｅの階段でヴォーカル兼ベースの近藤さんから直接手渡されたピールアウトのカセットテープ《アイム・ゴナ・ウィスパー・トゥ・ユア・ライト》と、ポケットに入れていたせいでくしゃくしゃになった黄色とモノクロのバンドのフライヤーが三枚転がっていた。胃袋には酔った末にカズロウに連れられ貪り食った名店・珉亭《みんてい》のピンク色のチャーハンがまだ残っている。大満足で食べ終わった後、カズロウは「敢えて最初からは言わなかったけど、俺が普段食うのはじゃじゃ麺だけどね」と教えてくれた。次に行く時は必ず頼もう。

「まずは……、ド定番を……、攻めてからじゃない?」

酔っ払って駅前の路上で眠ってしまう直前のカズロウの声がまだ耳に残る。そうだ。ドンちゃん達と一緒に必死に起こし彼を担ぐようにしてタクシーに乗せたのだ。僕はピールアウトのカセットテープを手に取ると二段ベッドから降り、ちょうど真下に設置しているデッキにセットしてスタート・ボタンを押した。ゆっくりとテープが回転し始めるのを確かめながら、キャスター・マイルドに火を着け、深く息を吸い込みそのバニラの香りを味わう。一曲目はライヴで聴いた時、「ピストルズの〈アナーキー・イン・ザ・UK〉とニルヴァーナのサウンドが混ざったみたい」と思った〈ソリチュード・イン・ザ・フィールズ〉。煙草を一本吸い終わると、ユニットバスへ。熱いシャワーを浴び、一ヶ月前クラスメイトの武藤君にバリカンで刈ってもらった坊主頭をグリグリと洗う。目を閉じたまま昨日の夜、下北沢で起こった出来事を順番に思い返した。

ライヴ終演後……。慌ただしい様子のドンちゃんに新入りの俺の世話を任せられたカズロウは「店なんて行くほどでもない、上で缶ビールでも飲んで時間を潰そう」と言い、肩で風を切って階段を上がった。彼はその場にいる全員に顔が知られているようで、あらゆる方向から声をかけられていた。帰る客でごった返す中、出口に向かった僕は驚いた。まるでオリンピックでメダルをとった選手を待ち構える記者達のようにそれぞれのバンドのスタッフや女子たちが、客にフライヤーや音源を手渡していたからだ。エレクトリック・グラス・バルーン、サニーデイ・サービス、THEE MICHELLE GUN ELEPHANT、ピクチャーズ・オブ・リリー、TOMOVSKY とザ・カスタネッツ……。「今度、ワンマンやりまーす!」と小柄な女の子が叫ぶと、競うように別の子が「ブラー好きなら絶対ハマる若いバンドでーす!」と声をあげポストカードを配る。僕はカズロウに思わず声をかけた。

「凄いな。こんな感じになってんの? Ｑｕｅって」

「バンドにファンがついて、その子たちが自主的に配りにきてんのよ」

「え? ファンが?」

カズロウ曰く、彼女たちはファンとスタッフの中間のような存在。打ち上げに参加したり、自らのネットワークを使いファンジンを作ったりして楽しんでいるそうだ。持ちつもたれつ。「バンドマンと仲良くなれたりもするじゃない? へへ、女子は女子で楽しんでるわけ」彼はそれこそが下北のエネルギーを生んでる理由かもねと言った。

次の瞬間、さっきまでステージで歌っていた人が「よろしくお願いしまーす」とテープを配っているのに気づき、慌てて僕は声のトーンを上げた。

「あっ！　最高でした！」「今日から配り始めたカセット良かったら聴いてみて」

先に地上に出ていたカズロウが、僕を見つけて肩をとんとんと叩き、軽く指し示した。

「あの人が、筒井君。エレグラの筒井君。エレクトリック・グラス・バルーン。ジョニー・マーみたいなギター弾く」

ふと目をやった先には、文字通り「輝く」スニーカーが。先週買ったばかりの『CUT』の表紙。飛び跳ねるビョークが履いていた黒、赤、蛍光イエローのリーボックの現物をその時僕は初めて目にしたのだ。何気ない水色のフレッドペリーのポロシャツとブルージーンズに、カラフルなハイテク・スニーカー、インスタポンプヒューリーを合わせた筒井さんは周りを囲む女子達と次々と写真撮影をしていた。

行列に並ぶ数名は手にCDを持ってサインを求めている。彼もCDをリリースしているのか。茫然と写真撮影を眺めている僕を見たカズロウが「エレグラ、めっちゃカッコいいから。聴いたほうがいいよ」と言った。正直、「言われなくても聴くに決まってるだろ」と思った。

ごった返すQueの出口、階段を上がりきった場所でカズロウはまた別の先輩ミュージシャンらしき人から声をかけられる。サラサラの前髪を眉で揃えたマッシュルーム・ヘア、白と紺のボーダー長袖シャツを着こなした長身、俳優にでもなれそうな美しい二重瞼の男は肩にベースを入れた真新しいソフトケースを掛けている。場慣れしたムードからすぐにキャリアを重ねたバンドマンとわかる。彼の名はギター・バンド「マーズ・クライメイト」のベーシスト里中憲《さとなかけん》。カズロウも含めて皆が「サトケンさん」と呼んでいるので僕も真似することにした。すでに彼のバンド「マークラ」はメジャー・レコード会社と契約を交わしており、来月にはレコーディングが始まるんだ、ディレクターからの要求が厳しくて大変だよと顔をしかめながらも誇らし気にカズロウに話している。僕は聞き耳を立てる。契約金をメンバーで等分したので渋谷の楽器店で六〇年代のフェンダー・ジャズベースを購入し、今受け取ってきた帰りだという。

「何色のジャズベですか？」

初対面の僕が敢えて勢いよく訊くと彼は言った。

「チャック・レイニーが使ってたレイク・プラシッド・ブルー。というか、本当はピチカート・ファイヴの小西さんの影響」

「ピチカート？」

「そう小西さんのベース、かっこいいんだよ。どうしても流通量が多い分、音で選ぶと普通のサンバーストに個体がいいのが多いから最後まで迷ったけどね。で、結局ブルーにしたけど、高い投資で気合い入るよ」

カズロウがワクイさんの後輩だと僕のことを紹介してくれたので「曲を作っていて、今バンドのメンバー探しているんです」と挨拶をすると、サトケンさんはポケットからカラフルなロゴがデザインされたステッカーを取り出して二枚僕にくれた。社交辞令かも知れないが「曲聴かせてよ」と言ってくれたことが本当に嬉しい。

「僕の方こそ、CDリリース、楽しみにしてます！　絶対買います！」

目の前に賽銭箱があれば何百円か投げ入れそうなほどの勢いで僕はサトケンさんに頭を下げた。今までは雑誌やテレビで観るだけだったプロのミュージシャン。自分は音楽を創造し形に出来る立場にいる彼らと今、間近に触れ合えている。


気がつくとサトケンさんの後ろに身長が高く顔の小さな美しい女性が寄り添うように立って煙草を吸っている。彼女の名は、志賀芽衣子。映画『リアリティ・バイツ』の主人公を演じたウィノナ・ライダーのような明るい茶色の髪、赤いノースリーブのシャツに色褪せたジーンズをはいた彼女もまた来年メジャー・デビューが内定しているシンガーだという。驚いた僕が質問を重ねると、彼女のユニット「フレイヴァー」は二人組。作詞・作曲者でパートナーの「石原君」とはレーベルの若手育成部門で出会い、夏にデビュー曲のミュージック・ビデオを撮影するためにニューヨークに向かうらしい。サトケンさんが最適なタイミングで僕に追加情報を教えてくれる。

「ニューヨークだけじゃないんだよ。最初にシングルを四曲準備して、二ヶ月間隔で連続リリースする。そのビデオを世界各地で撮るらしくて」

芽衣子さんはカラッとした無邪気な微笑みと共にこう言った。

「後はねー、ロンドン、リオ、えーっともうひとつどの街だったたっけ？」

話のスケールが急にワールドワイド。僕が興奮のあまり鼻の穴を膨らませてたじろいでいると、サトケンさんが右手で頭を掻きながら教えてくれた。

「なんで俺の方が覚えてるんだよ。イスタンブールだよ」

ふたりの醸し出すムードがナチュラルで、自慢げな会話も景気の良さが感じられて純粋に心地良い。ここ下北沢はなんという世界なのだろうか。出会う人、目に映る人すべてが輝きを放ち、夢を現実にしているように思える。

## （八）春の風を切りながら

華やかなる昨夜の出会いが断片的に脳裏に浮かんでは消えてゆく。特に胸に刻まれた存在は、芽衣子さんから「小夏」と紹介された目が大きくまつ毛の長い小柄で華奢な女性。半袖のピタッとしたサイズの白いシャツを着たせいでアンバランスなほど豊かな胸のラインが強調された彼女の手の甲には、少し大きめのホクロがオリオン座のように三つ並んでいた。あっけらかんとした笑顔が小動物のようで魅力的な彼女はミュージシャンに違いない。じっと僕を見つめる強い視線に少したじろぎながらも自己紹介をする。まだバンドは組めていないが、曲を作っていること。メンバー探しをしていること。ワクイさんとバイト先が同じでスターワゴンに夢中になった流れで、今夜Ｑｕｅでのライヴに誘われたこと。すると聞き終わった小夏さんは屈託のない明るいトーンの声でこう言ったのだ。

「ゴータ君？　キミ、面白いよ、ふふ」

僕は、なにも笑わせるようなことは言っていない。場違いな姿が見透かされたような気がする。なんだか恥ずかしく立ちすくんでいると、芽衣子さんが優しい声で言った。

「あのね、小夏はね、守護霊？　背後霊？　が見えるのよ。超霊感強い子で」

小夏さんは「ごめんね」と繰り返しながら左手で口を抑えて笑っている。僕は言った。

「え？　なにか後ろに見えるんですか？　怖いんですけど」

「だよね、ごめん。悪いのじゃないから心配しないで。私だって初対面の人にこんなリアクションしたいわけじゃなかったんだけど、ちょっとハッキリ見えちゃったもんだから」

問いただそうとする僕をあしらうように小夏さんは「またね。悪い霊じゃないから、今度落ち着いて話すね」と言って去って行った。情報通のカズロウによれば、彼女はミュージシャンではなく「無印良品」青山店の店員。最近まで「マークラ」のヴォーカリスト辰巳洋さんの彼女だったらしい。

ふと気がつくと、部屋を包みこんでいたピールアウトのカセットテープは最後まで再生されたようで止まっていた。冷蔵庫を開け、ストックしていた缶コーラを飲み干す。

今日は学校もバイトもない日曜日。近所のスーパー「いなげや」で買ってきて冷蔵庫にストックしていた玉葱とにんじんと鶏肉、トマト・ジュースを使ってカレーを作ることに。炊飯器で実家から送られてきた米を炊いている間に、玉葱の皮を剝く。白く光る球体にストンと包丁を縦に進めてざっくり四つに分ける。にんじんの皮を銀色のピーラーで細い方から太い方へ。この適度に集中する時間が心地好いのだ。料理は苦手だし他のメニューは何も作れないのだが、中学生の頃から、なぜかカレーだけは実家でも僕が担当することになっていた。曲作りに悩んだ時、自分の感情が高まった時、どうしてもカレーが作りたくなる。ちょっとした禁断症状に近い。その理由をなぜなのか探していると、「実際に一度『何か』を作って完成させるという単純作業をこなすことで脳が活性化し、別のアイディアが浮かび易くなる」という研究結果を載せた雑誌の記事を見つけ、やっぱりなと思った。ニンニクと生姜を大量にすり下ろす。鍋で野菜と手羽先を軽く炒め塩を振って絡ませた後、水を入れ沸騰させてしばらく煮込む。その間にトマト・ジュースの缶を開けて投入。ゴールデンカレー辛口のルーを割り入れて完成。これだけ。もちろん一人暮らしなのだからインスタントや外食の方が便利だし、基本的にはそうしている。ただ考えごとがある時にカレーを作る、という作業自体が好きなのだ。具材を茹でながら、待つ間に高円寺駅前のマニアックな品揃えのレンタル・ビデオ・ショップで買った赤いスライ・ストーンのTシャツに着替えた僕は、窓から雨上がりの曇り空を見た。今日は時間がある。せっかくだから最近移転したばかりの渋谷タワーレコードに行ってみよう。

ほんの数ヶ月前、ワクイさんに出会うまで、自分の知り合いでCDを出している人などいなかった。それなのに昨日の夜の打ち上げは出演バンドの仲間のミュージシャンや、レコード会社のスタッフだらけ。客の中にも芽衣子さんのようにデビューを決めた人もいる。むしろ音源を配ったり、作品をリリースしていない人間の方が少ないように思えた。「曲作ってるならデモ聴かせてよ」と紹介されるたびに何度も言われて、今渡せるものがないんです、と口籠る自分が情けなかった。

炊き上がったご飯を、白い皿によそう。少し前に別れた元彼女の陽子が、最後に会った時、市販のルーを使ったレシピとしてはどう考えても普通でしかない僕が作るカレーをまた食べたいなと言って泣いたことを思い出す。陽子との出会いは九二年十二月のマイケル・ジャクソン「デンジャラス・ツアー」、東京ドームでのこと。お互い友人より早めにスタンド席に着き、隣の席で待っている間に僕が話しかけたのだ。大学一年生の僕は待ち望んでいたこのツアーにバイトとして準備段階から参加。アリーナのパイプ椅子を並べたり、ステージを掃除したり、上司から音楽的知識を買われてサポート・ミュージシャンと会話を交わす役を頼まれたりとほぼ毎日通っていた。二日分だけはチケットを買えたのでその日は悠々と席に座り、コンサートをじっくり楽しもうと訪れたドーム。小顔で長身、よく笑う、とても真面目で心根が優しい女の子だった。彼女は音楽自体、それほど詳しくはなかったがビートルズとマイケルが大好きという感覚は似ていたので意気投合。九三年十一月のポール・マッカートニー「ニュー・ワールド・ツアー」にも一緒に行った。しかし、横浜育ちで門限も厳しい実家暮らし、女子大学に通っていた陽子が就職活動を始めると、卒業後にミュージシャンになるしかないと思い込んでいる僕とのテンションは次第にズレていった。

同い年の陽子は航空会社への就職を目指していたが、状況は厳しかったようだ。なんと言っても九四年の新語・流行語大賞で審査員特選造語賞を獲得した言葉は「就職氷河期」。バブル崩壊後、急速に景気は低迷し企業の採用数は激減しているそうだ。しかし、そもそも就職する気などない能天気な僕にとってはまったく他人事。彼女が資料請求などで苦悩し、スーツに身を包んで会社説明会に行く頃になると、ふたりが同じ人生を歩む絵は描けなくなってゆく。思い出すのは去年の夏、陽子と一緒に鎌倉の海に電車で遊びに行った時に「ゴーちゃん、私といる時、いつも別のこと考えてるんだよね」と彼女に言われたことだ。

「音楽のことばっかり。最初からわかってたけどね。たまにはしょうがないけど、いつもだと流石に寂しいよ」

九四年夏は、冷夏で「平成の米騒動」とまで言われた前年の混乱が嘘のような猛暑に見舞われていた。牛丼屋の米が細長いタイ米に代わって驚いたことが今や懐かしい。容赦なくジリジリと照りつける八月の太陽の光。彼女に誘われて重い腰を上げ、観光地に出掛けた僕がどこか上の空だったのは事実かも知れない。行列に並んだり、わざわざ暑い日に混んだ場所に行くのが苦手だった。痛いところをつかれたからか、はるばる辿りついた大仏の前で僕は陽子に「そんなことを言われてもどうしようもない」と怒ってしまう。自分の中で呪縛のようなミュージシャンへの想いが暴発していた季節。新宿まで帰る電車の中で並んで一時間座りながら、ふたりはずっと黙っていた。ブルーと白の大きめなチェック柄のノースリーブを着て、白いスカートをはいた陽子の長い髪がいつものように僕の肩に触れる。優しい彼女は僕の作る音楽の数少ない支持者。嫌いになったわけではない。ただし常識的に大人への階段をクリアしてゆく陽子となんとかしてミュージシャンになることしか頭の中にない未熟な自分が歩調を合わせることには限界があった。

出来上がったカレーにガラムマサラのスパイスを振りながら僕は決意する。昨夜知り合ったバンドマン、アーティスト全員のＣＤを一日でも早く買い、可能な限りすべてのライヴを観に行こうと。彼らからノウハウを学ぶしか、自分の未来はない。

ワクイさんは昨夜帰り際、僕に低いヒソヒソ声でこう聞いた。

「ゴータ、どうだった、今日？」

敢えてそっけない態度を示しているが、自信に満ちた彼は僕の答えを予測している。

「最高過ぎました。スターワゴン。本当に本当に感動しました」

「今の下北沢が凄いんだよ、バンドひとつではどうにもならないから」

次の瞬間、僕はＱｕｅの荷物搬入口前でワクイさんに自然に頭を下げていた。

「アンプや楽器運びやローディとして僕を使ってください」

少し前までステージで輝きを放っていた彼は照れ臭そうな表情で「ＯＫ。じゃ、帰り道でメンバーに伝えとく。よろしく頼むわ」と言って右手を軽く上げた。そして盛也さんが横付けした機材車デリカ・スターワゴンの後部座席に長身を折りたたむように滑り込ませて、去っていった。

いざ、出発。銀色のヘルメットを被る。ひとり暮らしをしているマンション、東中野ヒルズから早稲田通りを高田馬場方面へ少し進み、幼い頃から祖母と一緒に買い物に通った「いなげや」の交差点を右折して小滝橋通りへ。

新宿に向かうエリアは自分にとって文字通り第二の故郷。僕は、東京・新宿区育ちの母親が京都に移住し、教員の仕事を始めてすぐに生まれた子供だった。母方の祖父母が暮らし、盆や正月に我々家族が帰省する実家が新宿区百人町。自分にとって、いわゆる「田舎」は東京グローブ座のある辺りから、過去には柏木と呼ばれた生活圏だ。両親が共働きの僕は、幼い頃から長い休みのたびにこの町で祖父母と共に時間を過ごしてきた。

東京！　東京！　上京し、日々を暮らす街としては十八歳からすでに四年目に突入している。でもこれまでとまったく違う景色が目の前に広がっている。

原付バイクHONDA JAZZに跨って春の風を切りながら、まるで自分が昨日までの自分ではないような気がしてしょうがない。ロンドンからユーロスターに乗れば、ドーバー海峡のトンネルを越えてヨーロッパ大陸、パリの街にたどり着くが、僕の場合はどんな場所にこれから到達するのだろう。客観的に見れば知り合いのCDを買いにいくだけ、そして先輩バンドの荷物を運びアンプの音色を調整するのを手伝っていいと言われただけ。まだ何も始まってはいない。なのに、タワーレコード渋谷店に辿り着き全階を巡り、CDを手に入れて帰るこれまでと同じ道のり、あたかもプロになって故郷に凱旋するかのように満面の笑みを隠しきれない気が早い自分に呆れてしまう。子供の頃から見てきた町の景色が違って見える。昨夜、夢と現実が初めて完全に繋がった。今日からが本当の「東京」での暮らしなんだ。

自宅に戻ると日が暮れていた。吟味して買った三枚のCDを一枚ずつ開封してみる。エレグラのファースト・アルバム《ストライクス・バック》と、N・G・THREE《エイト・トラックス》、そして買いそびれていたマドンナ《ベッドタイム・ストーリーズ》の輸入盤。マドンナのCDはケースが定番の黒や白、透明でなく、明るいターコイズ・ブルーのトレイだったのも新鮮だった。夢中で貪るように三枚のCDを聴き終えた僕は、何気なくテレビをつける。すると明らかに物騒なニュース映像が目に飛び込んできた。またオウムのニュースだ。

九五年四月二十三日二十時三十五分。エメラルドグリーンの「クルタ」を着た、オウム真理教の村井秀夫「科学技術省」大臣の姿が小さなブラウン管に映し出される。彼が南青山の東京総本部前で大挙するマスコミの目前で刺されたという。床に凶器となった血塗れの包丁が転がっている映像が、どのチャンネルのニュース番組でも繰り返し流されていた。ほんの数時間前までいた渋谷から距離はさほどないはずの南青山。サリン事件から続く混乱に精神が麻痺し、まるで遠く離れた架空の国で繰り広げられている御伽噺のように感じる自分が怖かった。

# 第2章

# BIRD SONG
# 自由の小鳥

九五年・春——夏

## （九）僕には野心しかなかった

ワクイさんと出会えたバイト、凸版印刷に通い出したのは九四年の年の瀬。きっかけは僕が弾き語りイベントをしていた西早稲田の老舗ロック・バー「ジェリージェフ」から生まれている。音楽サークル幹事長の任期を終える寸前の僕は、卒業ライヴでそれまでなんとか続けていたバンドが消滅することを粛々と受け入れるしかなかった。間違っても「解散」ではない。「解散」は対等の関係になり、同じ目標に向かって日々を過ごしたバンドのみが使える言葉だ。

往生際の悪い僕は、サークルの三学年上の先輩でドラマーの矢野博康さん（彼は後に3人組バンド「Ｃｙｍｂａｌｓ」のメンバーとしてデビュー。解散後は、音楽プロデューサーとして活動）に頼みこみ、彼が所有していた「Macintosh LC III」を使って、最後のライヴを告知するポスターを作ってもらう。矢野さんは、すでにアパートの自室をスタジオ代わりにし、Ｍａｃを使ったプログラミングでビート、トラックを作っている憧れの先輩だった。それまで僕の周囲にいた学生バンドのフライヤーやポスターは「セックス・ピストルズ」のジャケットのように雑誌や新聞から切り抜いた文字でデザインしたり、手書きだったり、逆にワープロで素っ気ない明朝体やゴシック体の文字を使った簡素な告知ばかり。パソコンで作れば、無限のフォントが使えて本格的でクールなポスターが出来るはず。興奮した僕は手描きのラフ・スケッチを下井草の矢野さん宅に持参し、同じ図柄をＭａｃで再現してもらう。

完成したデザインを意気揚々とフロッピー・ディスクに保存した僕は、五千円ほど支払って早稲田の印刷所で五十枚のポスターを作り、大学近辺のカフェ、バーなどに貼らせてもらった。完全に自己満足の世界だったが、問合せ先として事務所のように見せかけた自宅の電話番号も明記。すると、まさかの展開が……。ポスターに書いた電話番号に突然連絡が来たのだ。

「もしもし、私、タナクラと申します。スリップ・スライドのポスターを見て電話したんですが」

見知らぬ男からの低い声。初めての経験に驚いた僕は、狼狽《うろた》えながらも可能な限りの冷静さを保って「そうです」と答えた。

「どなたがデザインされたんですか？」

音楽のことでなく、ポスターの話題に終始するそのムードに一瞬期待が高まっていた僕は拍子抜けした。「デザイン」したのは詳細なスケッチをノートに描いていった僕だが、実際にＭａｃを使って完成させたのは、先輩の「矢野さん」なんだということを一生懸命質問者に伝えた。電話口の彼の意図が、この時はまだ摑めなかった。

「Ｍａｃは使えますか？」

僕より七歳年上、二十代後半の棚倉千秋さんは、若いアシスタント、雑用係を雇えることになり探しているとのことだった。出来ればコンピュータを使えた方がいい。人材を探していたところ、ジェリージェフでポスターを見たのだ、と彼は言った。僕は全然使ったことがないこと、ただ興味はあるので教えて下さるならお役に立ちたいと熱弁した。

結果、採用されたのち僕がまったくＭａｃを使えないことがわかると、彼は「本当に使えなかったんかい！　謙遜だと思うだろ！　ゼロからじゃねーか！」とダミ声で笑った。逆に開き直った僕はこのチャンスを逃すまいと「何回も何回も『僕は覚えたいけど、ド素人です！』って言いましたよ！　雇うのが悪い」などと言い返したが、ともかく「インターネットで世の中が変わる」などと喧伝されていたこの時期、ひとりのミュージシャン志望の学生としても高価なＭａｃに触れられるバイトは魅力しかなかった。

棚倉さんは、サークル活動最後の「総決算ライヴ」も来てくれた。デモテープも何度か渡していたが、僕の「音楽活動」に対しては「いいところも無くはないけど、これではプロは無理じゃないか」と言うのが彼の姿勢だったように思う。プリンスの熱狂的なマニアである彼は、言葉は乱暴だが変なお世辞や忖度のない人だった。

プリンスに関しては、この頃所属レコード会社で副社長まで務めたワーナーとの軋轢が表面化。頬に「ＳＬＡＶＥ（奴隷）」とペイントし公の場に登場し、新曲はもう渡さないと宣言するなど様々な情報が錯綜していた。九四年にリリースされたシングル〈ザ・モスト・ビューティフル・ガール・イン・ザ・ワールド〉の素晴らしさも棚倉さんとは共有できた。曲がったことが大嫌いでめっぽう厳しいが、頼りがいのある「昭和な兄貴」。それが棚倉千秋という男だった。

棚倉さんに頼まれる雑用でよくあったのが、デザイン・データを収めたフロッピー・ディスクを川崎にある東芝の工場に持って行ったり、急ぎの印刷物を都内の会社に電車に乗って届けたりするバイク便のような仕事。「遠くまで悪いね」と言われたが、これは僕にとって願ったり叶ったり。ヘッドフォンでＣＤを聴きながら行けば、ほとんど遊びながらお金をもらっているようなものだ。遠すぎた場合、気を抜き過ぎて目的の駅を寝過ごしてしまい怒られたこともある。

８センチのＣＤシングルが主流となって久しい時代。僕も参加させてもらった企画会議では、原宿や渋谷を闊歩する女子高生達がペンダントのように首から好きな曲のＣＤシングルをぶら下げて飾る流行を生み出したい、そのためのチェーンとケースをデザインすればどうか、というアイディアが議題になったりもしていた。インターネットがどんどんこれから人々の日常に普及すれば将来的に印刷物も、レコードやＣＤのようなフィジカル・

メディアも今までのように売上を伸ばすことは難しいのでは？　という予想が社員によって繰り返し語られる。若いバイトの僕にも意見が求められたので思いついたことをペラペラと捲《まく》し立てたら、その適当具合が新鮮だったのか社長に褒められた。

棚倉さんは自分の行きつけの渋谷のバーに呑みに連れて行ってもくれた。東京で働き、独立して暮らし、趣味として好きな音楽を聴き、ライヴに通い自由を謳歌する二十代後半の棚倉さんの姿からは学ぶべきものが多かった。ここでのバイトは楽し過ぎる。ただ、それが怖い。まだ始めて半年にも満たないがＭａｃの操作という「手に職」もつけさせてくれた。それぞれが自分のペースで仕事をしている心地よいコミュニティがそこにあった。


僕には野心しかなかった。

子供の頃からプロになれると思い込んでいる。すべての時間を音楽だけに費やして生きてゆく。それが夢。僕は、音楽を「美しいもの」だけにとどめた趣味にはしたくなかった。プロになれなかったとしたら、これほど好きなポップ・ミュージックそのものを嫌いになるしかない。「I LOVE YOU / I HATE YOU」は、表裏一体。もし自分が音楽に愛されなかったとするならば、憎むしか……。まったく別の世界に進み、無音の中で生きていく。それほどの深刻な生真面目さが僕にはあった。ただ、自分の無力さも自覚している。変わらなければならない。決定的に。下北沢で浴びたあの光景。輝く先輩達……。甘えた考えでは、彼らのようにファンからお金をとって作品をリリースすることなど出来ない。僕には残された時間がない。大学には集中し、ぴったり四年で卒業するべきだと思った。問題は卒業後のモラトリアムの「猶予」だ。あくまでも自分に対しての「猶予」。

完全に集中出来るのは二年だろうか。「二十三歳」の間にプロになる。頭に浮かんだリミット。一日は二十四時間。逆算すれば、二十一歳六ヶ月の僕にはまったく時間がなかった。じゃ、どうする。選択肢はひとつしかない。バイトを辞めなければ……。せっかくこれからようやく「使える」人材になるかもと育てられた段階で辞めるのは申し訳なかったが決断は揺るがない。

はじめてのひとり暮らしで借りた部屋。二段ベッドの上に寝転んで天井を見つめている。窓の外で住人の誰かが自転車で帰ってきた音が聴こえる。時計を見ると夜の八時半。電話をかけるにはちょうどいい。給料が渡される次の区切りの五月十五日までは働かせていただきます。そう伝えるつもりで受話器をとった。

「もしもし」

「おう？　どうした？」

「棚倉さん、僕、プロのミュージシャンになりたいんです」

「それは、知ってるよ」と呆れたように笑う棚倉さんのダミ声が、いつもよりも低く沈むのを感じる。僕はワクイさんの出演している下北沢のライヴハウスに行って衝撃を受けたことを彼に伝えた。

「で？」

「バイトを辞めたいんです。ここまでお世話になって本当に申し訳ないんですが」

「ほぅ……」

受話器の向こうの棚倉さんはキャスター・マイルドを吸っているに違いない。彼と僕は偶然、同じ銘柄の煙草を吸っている。ほのかなバニラの薫りが受話器を通じて届くような気がした。紫煙を吹く、フゥーっという音が聞こえる。

「五月十五日までは責任持って働かせてもらいますので」

思い詰めた僕の言葉に対して棚倉さんが放った返事は、意外なものだった。

「じゃ、あなた、今日で仕事辞めな」

「え？」

「青柳のオヤジ、悲しむと思うけどさ。あなたのこと可愛がってたし、就職も誘われてたでしょう？」

棚倉さんは後輩の僕に対しても情報伝達の正確さを重視する時、敬語を混ぜる人だった。確かに、数週間前、電子メディアサービスの青柳社長から直々に「卒業したらウチに来るのはどうだ？」と声をかけられていた。青柳社長は「親分肌」を絵に描いたような魅力的な人物であり、彼からの誘いは有難いものでしかなかった。ただし自分が受け入れさえすれば就職がすんなり決まってしまうことが怖かった。

「うちには自由もある。俺みたいな奴雇ってるくらいだしな」

「それは、そう思います」僕は自然と笑ってしまった。

「へへ、このタイミングでそういうツッコミ言えるの面白いな。会社に勤めたって、あなたが音楽続けることを誰も止めない。青柳のオヤジならそこは絶対理解してくれる」

棚倉さんは、僕の返事を待たずに続けた。東京という出口のない迷宮から救い出してくれたのは、紛れもなくこの人だ。彼のダミ声は手練れの噺家のような抜けの良さで耳元に響く。

「今ミュージシャン一択の道を選ぶよりも、ウチで経済的にも基盤を固めて、経験を積んだ方があなたの未来は拓けるとは思う。大人として。正直に言うけど」

独り言を呟くように棚倉さんは続けた。「機材だって必要だし、大体どうやって日々暮らしていくのよ。あなたが尊敬しているワクイさんだってバンドやりながら、派遣社員として働いてるんだから……」

「はい……」

「ま、いいや。あなたなりに色々考えてのことだと思う。決めたんなら早い方がいい。今日で辞めな。来月十日、今月分の給料渡すから正午に会社においで。昼飯でも一緒に食おう。青柳のオヤジにだけは、ちゃんと挨拶しろよ」

### （十）退路を断って

退路は断たれた。東中野ヒルズ、一階角部屋のワンルーム。ひとり暮らし。バンドはない。音楽的パートナーもいない。

スペースを確保するため、僕は二段ベッドの下層の底を抜き、機材を集めたコックピットのような簡易スタジオにしている。録音機材は自分の身体の一部のように使い慣れたFostexの4トラック・カセットMTR「MULTITRACKER X-28」。リズムマシンはBOSS「Dr.Rhythm DR-550 MK II」。ベースはナチュラルな木目のフェンダー・ジャパン、プレシジョン。楽器を取っ替え引っ替え、リズムの打ち込みを繰り返し朝まで気合十分で格闘するが大抵は何も思い浮かばない。二段ベッドをよじ登り、時間切れでタスキを渡せる相手のいない箱根駅伝のランナーのように布団の中に倒れ込む日々が続いている。

九五年のゴールデン・ウィークに突入した頃には、下北沢に足を運ぶのが日課になっていた。ライヴがある夜の基本的な流れは、まず客としてステージを観て、そのまま打ち上げに混じる。大抵は先輩達がドリンク・チケットをくれるので、飲み代を払う必要もなかった。スターワゴンの裏方として手伝わせてもらう約束をワクイさんと交わした僕だったが、本格的にスタッフとして参加したライヴの当日痛恨のミスを犯してしまう。まず、誘われてリハーサル・スタジオにやる気満々で向かったのだが、重い機材を運ぶパワーのない僕は足手まといでしかなかった。

「もう、いいよ。力の入れ方と抜き方、見ておいて」

このあたりまではまだワクイさんも優しかった。しかし、事態はどんどん僕にとって逆風に。元々、ギタリストではない僕はアンプやエフェクターの扱いも未熟。良かれと思って手伝ったつもりが変にツマミをいじってしまいかえって混乱させる結果に。彼の愛機、白いフェンダー・ジャズマスターと黒いギブソンL－6Sを交換する曲間のタイミングも間違えてしまう。

本番が終わり、遂に迎えたアンコール前のタイミング。一度楽屋に下がったメンバーが汗などを拭いている間にスタッフである僕はギターアンプの設定を変えるためにステージへ意気揚々と向かった。リハーサルの時にワクイさんから頼まれて、アンコールの曲用の音量と音質を書いたメモをグレー・デニムの上着の胸ポケットに入れていた。それなのに、暑くなった僕は上着を脱ぎ腰に巻いたまま飛び出してしまう。ステージ上で「メモが無い！」と明らかにアタフタして様々なポケットを探し時間を費やしてしまった。その行動がお客さんから見て面白かったのか、クスクスと笑いが漏れてしまったのだ。悪気はまったくなかったのだが、その間の悪さは感動的なライヴの余韻を明らかに邪魔するもの。終演後、現場で調子良く喋っていたら「もういいよ、お前は普通に客として見てろ、手伝わなくていい」とワクイさんに苦笑され即刻「解雇」されてしまった。

上条兄弟は、有志参加でありながら裏方仕事から追い返されしょげている僕を見て「ワクイ、怒ってたなぁ。まぁ、ゴータは裏方として手伝わなくていいよ。自分が前に出るタイプなんだし。人間、適材適所ってもんがあるからさ」とそれぞれ優しく慰めてくれた。

打ち上げは、一期一会の大勝負。絶対に周囲に顔と名前を覚えてもらう、若い自分は先輩達にインパクトを残そうと醜いほどに張り切っていた。吉田仁さん、竹中仁見さんが打ち上げに参加した際、下北沢南口商店街の居酒屋に入る前にワクイさんから「ゴータ、サロン・ミュージックの仁さんと仁見さん。八〇年代にイギリスのフォノグラムからデビューしていて、ともかく物凄くカッコいいからさ。聴いてみな」と紹介され「必ず聴きます！」と元気よく返事をした。後ろで誰かが「仁さんは、フリッパーズのプロデューサーって言った方がゴータにはわかるかもね」と言った。「フリッパーズ・ギターですか？名前しか知らないんで是非そのバンドも聴いてみます！」と威勢良く答えると、そこにいた全員が「知らんのかい」とずっこけた。

泥酔して調子に乗り、大失態を犯したことも。

ザ・コレクターズのベーシスト小里誠さんとＱｕｅで飲んだとき、僕は大先輩である小里さんの高級ジーンズにビールをわざと大量にコボすという最低のギャグにトライしてしまう。午前二時。テーブルの周りには沢山女子がいたが皆酔い疲れ時間が停滞していた。

「あの、オリさん、ビールこぼしていいですか？」

いいわけがない。あり得ない。流石に失礼過ぎる後輩の行為。ただ、あまりの突拍子もない展開に小夏さんや芽衣子さんを含むそこにいた女子が大爆笑。翌日猛反省し、その場の笑いをさらに増幅させてくださった小里さんに心から感謝したのは言うまでもない。名も無い若手である僕は、どんな手を使っても強い印象を与えようと必死だった。

下北沢のライヴハウス、近場でイベントが行われていれば顔を出す。必ず誰かがいて、その結果深夜にはハメルンの笛吹きのように日によって違うメンバーの輪ができた。

「マークラ」ベーシスト里中憲さんの彼女で「フレイヴァー」のシンガーとしてデビューすることが内定しているお嬢様育ちの志賀芽衣子さん。異常なまでの霊感があり誰の背中にも守護霊・背後霊がくっきり二重に見えるという小夏さん、各バンドにインタビューをした独自のメディア「ファンジン」を作って配布していたコノミちゃん、女優の卵で実は凄腕ドラマーでもあったマイカ、若くして確立した「おかん」的キャラでイベントを取り仕切る人気者モリヘーなど、女友達もどんどん増えた。彼女たちとはまるで海外留学先で一時的に結ばれた究極の友情のような、同時代を生きる一体感を共有することになる。

深夜、イベントの熱が高まるタイミングでＤＪが定番曲をセレクトすると、フロア全員が両手を挙げ大合唱、完全にひとつになる。特にスウェーデンのバンド、ワナダイズの〈ユー・アンド・ミー・ソング〉は、毎晩浴びても飽きることなく、むしろ身体に染み込むごとに歓喜のレベルが上がる曲だった。女の子たちと手をとり、乾杯し、笑い合う。イベントの最後に流れるのは、ザ・ストーン・ローゼズの八分を超える大曲〈アイ・アム・ザ・レザレクション〉。天才ドラマー、レニによるグルーヴ感溢れるモータウン・ビートのイントロがスタートすると一瞬だけ時が止まり熱狂は頂点に達する。八小節のドラム・ブレイクの後、マニによるリッケンバッカー・ベースによるフレーズが重なる。イアン・ブラウンのヴォーカルを耳で追った後、Ｂメロでジョン・スクワイアのギターが鳴り響く頃には全員が夢の中を生きる水槽の魚のように大音量の波に身をゆだね、終わりゆく夜を自由気ままに泳ぐことになる。中盤で楽曲展開が完全に変わり、さらにダンサブルでパーカッシヴなインストゥルメンタル・パートに突入した後の魔力たるや。自宅やヘッドフォンで聴いているだけでは伝わらない。ロック・バンドでありながら、ＤＪカルチャーとも呼応していたストーン・ローゼズの先進性を僕は「現場」でまざまざと知ることになった。

疲れたら始発まで誰かと喫茶店「ぶーふーうー」で時間を潰し無駄話。麻痺してくると、まるで自分自身がすでに何者かになったかのような錯覚に陥るほど、下北沢にいるだけで満足感を得てしまう危険性もある。棚倉さんにバイトを辞めたいと訴え、それなら頑張れよと我儘を受け入れてもらった。創作に使えたり、ライヴやイベントに顔を出す時間的猶予が出来たが、このまま遊んでいるだけでいいわけもない……。

五月三日、夜。テレビをつけると、数ヶ月前に近鉄バファローズを混乱の中で退団し、ロサンゼルス・ドジャースとマイナー契約していた野茂英雄投手が晴れてメジャーデビューしたとスポーツ・キャスターが報じていた。

次の話題は「イチロー」なる野球界を席巻している新たなスーパースターのバックボーンについて。約一年前、スポーツ新聞の見出しに初めてカタカナで「イチロー」という文字を見つけた時、変わった名前の外人選手だと僕は思った。しばらくして「イチロー」は「鈴木一朗」なる日本人であり、その痩せた外野手が自分と同じ七三年生まれだと知る。九四年にパ・リーグ首位打者、プロ野球史上初となるシーズン二百本安打など様々な記録を塗り替えたイチロー。彼の活躍を見て僕は心に誓った。二十四歳の誕生日までは、思い切り全力で音楽に打ち込んでみよう、と。あと二年半しかタイムリミットはない。才能に満ち溢れたイチローは今、朝から眠るまで人生すべての時間を野球に注いでいる。ギリギリまで努力している。それに比べて正直、自分がこのままの状態で週末に中途半端な姿勢で音楽に取り組み、それでなにかを成し遂げるなんて到底無理。二十四歳の誕生日が来て、プロになれていなかったらキッパリ諦める。音楽が好きだなんて、ましてやミュージシャンになりたかっただなんて、それ以降は誰にも言わずに生きてゆくかも知れない。

やるべきことはわかっていた。まず新しい曲を二曲作り、デモテープを完成させる。そして、両面十分のカセットテープを大量に買い、A面・B面に「シングル」のようなスタイルで収録するのだ。ＭａｃのIllustratorを使ってきちんとカセット・レーベルをデザインし印刷し、パッケージし、下北沢で出会った人々に配り続ける。ミュージシャン仲間や先輩、友人だけでなく、レコード会社のスタッフ、そして今すでに人気があるバンドに群がるファンに、まずは知ってもらい聴いてもらわなければ何も起こらない。

あとは、曲……。ただし、それが一番難しかった。

## (十一) 風呂屋の娘

「おーい、青年」

トランシーバーを口に当てる素振りをしながらおどける小夏さんに声をかけられたのは、新宿靖国通り沿いの老舗ジャズ喫茶「ＤＵＧ」の前でのこと。五月六日土曜日の夕暮れ、ゴールデン・ウィークの雑踏の中で不意に美しい女性に呼び止められたので過剰に反応してしまった。

「そんなに驚かなくていいじゃん」

「いや、クリスチャン・ラッセンのイルカの絵でも売りつけられんじゃないかって」

僕と小夏さんは挨拶程度の会話を一度交わしていただけの間柄だったが、近づいて彼女の手の甲にある大きめの三つのホクロを見れば瞬時に名前まで思い出せた。僕は自分のことをジョーク混じりに「平成の田中角栄」と自称するほど、たとえ酔っ払っていても一度会った人のデータや話した言葉を記憶出来るタイプなのだ。

「小夏さん？」

目をやると彼女の後ろに赤と白のボーダーシャツにタイトなブラック・ジーンズ、黒いパンプスを合わせ、籠のような小さなバッグを手にした芽衣子さんがいた。芽衣子さんとはすでにＱｕｅで何度か飲んで仲良くなっている。

「下北以外で会うと不思議な感じがするね」芽衣子さんははにかんだ表情で言った。

「何してんの？」小夏さんが僕に尋ねた。

「僕、ここのレーザーディスク屋でちょっと前までバイトしてたんですよ。友達に返さなきゃいけないＣＤがあって来たんです。さっき用事は終わったんですけどね」

「そうなんだ。あたしたちはね、映画観てきた帰り」

「ゴダールの『勝手に逃げろ／人生』って映画。ちょうど小夏と『ＤＵＧ』に来たらお店の前に知ってる顔がいるってなって。ちょっと一緒にお茶でもしようよ」

右と左からふたりに一瞬両手を握られ、鼓動が高鳴る。慣れた様子で階段を降りてゆく彼女達の背中を僕は慌てて追う。ジャズ喫茶に入るのは初めての経験だった。僕が少したじろいでいると、奥のテーブルに手際よく座った小夏さんがまるで独り言のように言った。

「この店。水色のロゴとかデザインはね、和田誠なんだよ、最高だよね。で、どうする？　コーヒー？　それともビールでも飲む？　ベルギーのビール、ヒューガルデンが美味しいからもし特にこだわりなかったらそれにしない？」小夏さんはドリンク・メニューが頭に入っているのか何も見ずにそう言った。僕は「それにします！」と答えた。

「ワクイさんから、ゴータ君の噂聞いてるから。バイト先に超お喋りな後輩がいて暇潰しにちょうどいいって笑ってた。人生であんなに喋る奴見たのはじめてだって。私、ワクイさんの大学の後輩なの。それでずっとライヴも観に行くようになって。なんだかワクイさん、ゴータ君の話する時楽しそうなんだよ」

「それならいいんですけど、この前、スターワゴンのスタッフになりたいですって直訴したんですけど、一回やったらミスしちゃって。クビになっちゃったんですよ」

しばらく黙ってメニューを眺め、林檎のカクテルを注文した後、芽衣子さんが言った。

「私、その場にいたよ。ステージ上で探し物して挙動不審な感じでアタフタ慌てて」

「挙動不審な感じ……。バレてました？」

「あれはね。誰だってわかるよ」

芽衣子さんの弾けるような笑顔が見られただけで少し救われた気がした。

「実は僕、バイトやめたんです」

小夏さんは届いたヒューガルデンを一口美味しそうに飲んでから言った。

「へぇー、そうなんだ。お金とかどうすんの？」

「親に頭下げようかな、って。何年間か期限決めて」

「頭下げて援助してもらえるならそれがいいよ。甘えるのも親孝行。甘えられなくなる時が来るから、その時考えればいい」小夏さんはきっぱりと言った。


バイトを辞めることを、ワクイさんに電話で伝えた時のやりとりを思い出す。

「下北沢で色んなバンド観て、考え方、変わったんだろ？　もう俺の出来ることはない。馬が水を飲みたがってるからバケツに水くんで渡したら、みたいな話あるじゃない？」

「はい」

「バケツの場合は飲み干せば終わりだけど、湖に連れて行けばみたいなエピソード。下北のあのバンド界隈はミュージシャンにとっての湖だからさ。あとはゴータがどうやってそれを生かすか。皆、あの街じゃ自分のこと、自分のバンドのことだけを考えてる。時間があるのと若さは武器だから。バイト辞めて出来た時間で精一杯やってみな」

ワクイさんの言葉をふたりに伝えると、小夏さんと芽衣子さんは「ホント、あー見えて優しいよね」と口々に言った。

「カズロウに聞いたんですけど、小夏さんって無印良品で働いてるんですか？　ミュージシャンなのかな？　って最初思ったんですけど」

小夏さんがまさかという感じで手を左右に振った。

「いやいや私は普通。音楽は聴いて好きなだけ。代々木にあった風呂屋の娘。今、土地売っちゃってもうないけどね」

「その場所にタワーマンションが建ってね。十七階にひとりで住んでるんだよ」

カクテルを飲み終えた芽衣子さんが小夏さんにそっと目を向ける。

「えー、すごいじゃないですか。一等地に」

「昔ながらの風呂屋の娘だっただけ。土地が売れたのもたまたまというか。風呂屋も儲からなくなっちゃってね。戻れるもんなら、あの頃に戻りたいもん。家族に大金が入って、それぞれ住む部屋も確保されて。その後、ウチの父親は体調おかしくなっちゃったんだ。働ける年齢でやることがなくなるって辛いし、いいことないよ……。ちっちゃい頃はね、近所のおじちゃんやおばちゃん、子供達が集まる中で毎晩、町全体が大家族みたいにお風呂入って。男湯にも走っていって、ヤクザのおじさんの刺青とかも珍しいから触らせてもらったりして。楽しかったな。私、有名だったよ。代々木の竹の湯のコナっちゃん。だからこんな性格になっちゃった」

「こんなって？」

「ん？　相当、社交的じゃない？」

「確かに」僕と芽衣子さんは笑った。

「あと霊感が強い」

僕が言うと、小夏さんの目の輝きが一瞬曇った。

「そうね」

「誰にでも背後霊が見えるって。僕のことを見てこの前、爆笑してましたよね。あれから気になっちゃって。僕、代々お寺の家系ですけど、霊とか何も見えないですよ」

「そっちの方が全然いいよ」

小夏さんがテーブルに置いていた携帯電話が鳴り、「仕事の電話」だと嘆きながらしばらく席を離れたタイミングで、芽衣子さんが小さな声で囃し立てた。

「って言うか、ゴータ君、もしかして小夏のこと気になってるんじゃない？」

「え？」

「ちょうど今、小夏、フリーなんだよ。いい子だよ。私、応援する。でもいくつかだけ先に言っておかないといけないことがあって」

「なんですか？」

「ビール一杯くらいならいいんだけどね。何杯も飲むと記憶を失くすの。それで結構トラブルになったりして」

その瞬間に小夏さんが階段を降りて席に戻ってきた。芽衣子さんと目が合い、急に僕は恥ずかしくなってしまった。戻ってきた小夏さんの豊かな胸の形に思わず目をやってしまう。

「え？　私がいない間にあんた達なんの話してたのよ、気持ち悪い」

小夏さんは笑うと芽衣子さんがわざとらしくゆっくりとした口調で言った。

「えーと、ゴータ君と、小夏が、相性いいんじゃないかって話をしてました」

「何言ってんのよ、だったら私が霊感強いくせにこの前辰巳君にフラれたばっかりって話もしないと」

小夏さんも機嫌が良さそうだ。

「辰巳さんと何年くらい付き合ってたんですか？」僕は敢えてストレートに聞いた。

「そうね。四年、もう随分前のこと。霊感があるって言っても、ただ『見える』ってだけで自分の人生の選択には役に立ってない感じがするでしょ。落ち込んでた頃は……、芽衣子に助けてもらったんだ。今は元気になったというか。随分マシ」

「そうなんですね」

「あー、芽衣子、なんだか久しぶりに楽しくなってきちゃった。私もう一杯ヒューガルデン飲んじゃおうかな」

小夏さんが言うと即座に芽衣子さんがやわらかく制した。

「ダメ。小夏。アイス・コーヒーにしな。さっきゴータ君にもそこだけは教えたのよ。『この子、記憶失くすから』って。もし一緒だったら注意してね」

「了解です。とは言え僕は空気読まずにもう一杯、ヒューガルデン。こんな美味しいビール初めて飲みましたよ」僕が言うと、ふたりはまるで双子のように同時に笑った。

「あのね。辰巳君って御影石とか、大理石を扱う岐阜の会社の跡取り息子でね。結婚するって話も当然出たの。お互い、この歳だし。ちょっと前まではバンドのデビューもどうなるかわからなかったから。で、辰巳君のお父さんが会社の社長だったんだけどね。この人がワンマンで大変で。ともかく皆、困ってたのよ。で、その社長に最初挨拶した後、すぐになぜか私気に入ってもらえて。珍しかったみたい。そうしたら昔から仕えてるスタッフとか、仲良くなった周りの家族が私に色々言いにくいことを頼んでくるわけ。私、馬鹿だからさ。結婚する前に辰巳君のお父さんと真面目に向き合った末に結局揉めちゃって」

芽衣子さんが続けた。

「そうしたら会社や家族の皆、サァーって逃げちゃって。小夏だけを悪者にしてさ。辰巳君も『マークラ』のデビューが決まってから急に小夏への態度変えちゃってさ。知らん顔して今も逃げたまま。酷すぎるよ。私まで人間不信になったもん」

店を出ると、完全な夜が新宿の街に訪れていた。もやもやしていた想いが吹っ切れたのだろうか。人混みの中に消える前に小夏さんは僕に向かって、ボールを投げるような仕草をした。芽衣子さんがそれを見て、微笑む。僕が小夏さんが投げたその架空のボールをキャッチして足を大袈裟に上げたフォームでもう一度投げ返すと彼女もそれを受けた。周囲の目が集まったことを感じて、ふたりは笑った。

長身の芽衣子さんと小柄な小夏さん、靖国通りの向こう側に消えてゆく美しい後ろ姿のシルエット。それはまるでサイモンとガーファンクルのような、完璧なデュオがリリースしたアルバム・ジャケットのようにも見えた。

## (十二) 親友

ふたりと別れた後、僕は新宿南口の中古電気店に意気揚々と向かった。思わぬジャズ喫茶行きで閉店までの時間が近づいている。辿りつくと目星をつけていたダブルカセット・デッキをまとめて三台購入。当時、僕の部屋のステレオの軸となっていたのは、上京する際に持ってきた「A&D」のシステム・コンポ「GX COMPO 830」。元々持っていたダブルRECリバース・デッキに、新たに買った中古のダブルカセット・デッキ三台を重ねると計四台になる。タワーのように聳《そび》え立つその威容を眺めながら、僕は自分に与えられた時間の長さと短さに想いを馳せた。

今までも新曲の音源をカセットMTRで完成させるたびに、SONYの「DAT（デジタル・オーディオ・テープ）ウォークマン TCD－D7」にミックスダウンし「マスター」を作っていた。そこまでは同じだ。ただし、これからはそのあと昼夜問わずすべてのデッキを稼働させ、工場のようにダビングを繰り返すのだ。まさに、ひとり工場制手工業。孤独なるマニュファクチュアの始まりだ。

竜宮城のように煌めく下北沢で飲み歩く僕だったが、自分に対して締切を作っていた。ゴールデン・ウィーク明けの、五月十日。棚倉千秋さんの元に先月分のバイト代をもらいに行くタイミングで、彼に新しい楽曲を聴かせたい。

繰り返される真夜中の祭典と時間潰しのダベり。そんな中、親友と呼べるほどに急速に仲良くなったのが、Ｑｕｅで出会った「カズロウ」こと、お調子者で界隈の顔役として愛されていた前田和朗。本当の読み方は「かずあき」らしいが、誰もそう呼ばないし、本人曰く両親も「カズロウ」と呼んでいると聞いて僕は笑った。ふたつ歳下の七五年生まれ。

彼自身は人好きのする陽気な性格でありながら、端から見れば相反する個性のように思えるニルヴァーナのカート・コバーンに心酔していた。

カートの追悼盤のようなイメージで九四年秋にリリースされた《MTV・アンプラグド・イン・ニューヨーク》のアナログをカズロウから「先入観なしに聴いてみてよ」と渡された時、僕は言った。

「ジョージ・マイケルみたいなこと言うなぁ、キミ」

高校三年生の秋にリリースされ、大ヒットしたニルヴァーナのセカンド・アルバム《ネヴァーマインド》は発売当初に手に入れ、人並みには聴いている。ただマイケル・ジャクソン・ファンの僕からすれば、九二年九月の「MTV・ビデオ・ミュージック・アワード」でドラマーのデイヴ・グロールがマイケルの扮装をして茶化し、侮辱してからは心理的に距離を置かざるを得なかった。何より、バンド界隈に多数生息し勢いを増していたニルヴァーナ・ファンが、ジャイアンの威を借りるスネ夫のように調子に乗ってマイケルを揶揄し、彼らの論理からすれば負けない喧嘩を僕にふっかけてくるのが許せなかった。

ただし、あまりにデジタル偏重のサウンドが充満した「八〇年代」からの揺り戻しでその頃大流行していた「MTV・アンプラグド・シリーズ」、生身のアコースティック・サウンドを響かせるニルヴァーナの楽曲は驚くほどの魔力に満ちていた。カートが亡くなって一年経ちようやく、轟音と傍若無人な立ち居振る舞い、ファンや支持者達が醸し出すノイズの向こうで僕には見えなかったニルヴァーナの凄まじさに僕は気づいた。ヴァセリンズや、ヤング・マーブル・ジャイアンツの素晴らしさも同じようにカズロウから教わった。

「ニルヴァーナの出身地のシアトルってさ」

カズロウは言う。

「ホントに雨が多い土地でさ。基本的に秋から春にかけては雨ばっかり降ってるのよ」

「シアトルのあるワシントン州ってあれだよね。『ツイン・ピークス』の舞台」

「そうそう。『ツイン・ピークス』観た?」

「それこそワクイさんにお薦めされて。夢中になって観たよ」

「土地自体のイメージは、あの感じ。湿ってて。だからパーカーとかスニーカーじゃないと暮らしにくいんだよね。LAのバンドみたいに髪の毛をスプレーで立てようなんて思ってもすぐにペシャンコになっちゃう。その無造作なヘアスタイルがまたルーズでカッコいいんだけどね。カートの場合」

カズロウは日中、青山にある「SHIMA」という名門美容室の見習いとして働き始めたばかり。周りの女子達が言うには「SHIMA」は超一流の美容室で、最初の難関を通り抜けただけでも凄いとのこと。今までの音楽仲間に比べて明らかにお洒落なムードに包まれたカズロウは会うたびに毎回、ナイキのエア・モックやエア・ハラチ、プーマのディスクブレイズなど一風変わったスニーカーを履いており、僕が驚いてブランドやシリーズの名称をメモして覚えようとするたびに笑っていた。

日中は青山で働き、夜はクラブやライヴハウスで騒ぐかDJ、というカズロウの忙しくも愉しげな生活。ただ、仲良くなってみると彼には彼で悩みがあった。両親から先祖代々続く桜新町駅のそばにある由緒ある和菓子屋「さくら庵」を継いでほしいと懇願され、困り果てていたのだ。彼の両親曰く、自分達は従来のみたらし団子や「こし餡」などオーソドックスな饅頭を売り続けてゆくから、新しい店をカズロウに任せたいんだ、と。ひとり息子だから逃げ場がない、ようやく好きな仕事についたのに、とカズロウはいつもボヤいていた。

「オヤジが桜新町で土地見つけたって言うのよ。ともかくまずは家建てるって。下が店舗に出来るようにしておくらしい。そこ俺にくれるから二階に住めって言うんだよね」

彼は月曜朝方の「ぶーふーうー」で、フラフラ揺れながら僕に愚痴った。火曜日は美容室が休みなので、業界の若者達がクラブやライヴハウスに深夜集う月曜夜は、朝まで呑んで泥酔するのが彼のルーティンだった。

「ええー！　家もらえんの⁉　いいなぁ」

桜新町駅と言われても世田谷の土地勘がない自分には正直ピンと来なかったが、東京に拠点がある彼が羨ましかったのは事実。その感想は皮肉ではなく正直なものだった。家賃がかからず東京で暮らせるだけで、どれだけ夢に近づけることだろうか。

「いいことなんもないよー、俺は美容師になるって何回も、何回も、何回も、何回も、何回も、何回も、何回も、何回も」

「ああああ！！！　もうわかったって」

僕は笑いながら、ぬるくなったビールを喉に流し込んだ。

「ＳＨＩＭＡでようやく働き始めたばっかりなのにさ。確かに今はさー、まだ見習いだよ、制服着てさ。私服はまだ禁止。先輩はおまえらのお洒落なんて信じないってさ。白のハイネックにつなぎ着て働いてるんだけど」

飲みの席で繰り返されるカズロウの言い分はこうだった。今から二十年くらい経ち四十歳を超えて、それである程度美容師としての未来が決定した段階で団子屋を継ぐ決心をするならばまだいい。ただ二十歳の今、両親が家を建てたり外堀から埋めてくるのが苦しくてたまらない。それはもちろんわかる。「でもさ」と僕は応える。

「オヤジやオカンの店で一緒に働くわけじゃないでしょ？　新しくメニューとか考えてやれるならもしかしたらオモシロイかも。団子もヘアスタイルも手作業でデザインするのは一緒じゃない？」

「一緒っていうか」

「キミ鋏《はさみ》使ったりメイクするの上手いならそういうの得意なんじゃない？　クリエイティヴっていう意味では繋がりがないこともないと思う。おしゃれな内装にしてさ、美容室みたいなスキッとしたイメージの団子屋」

「えー、なんでゴータ君まで俺を団子屋にするんだよ。じゃ、考えてみてよ。何か新しい団子や饅頭のアイディアあんの？」

「ブルーベリーとかマンゴー包んだ饅頭はどう？　美味そう。知らんけど」

「知らんけどって、なんだよ！」

悩んでいた彼も呆れて笑ったほど、酔っ払っていたゆえの超テキトーな僕の返答。しかし十年後、美容師をキッパリ辞めたカズロウの作ったブルーベリー団子が昼間のテレビや雑誌で取り上げられ、大ブレイクすることになろうとは。この時のふたりはまだその未来を知らない。

## (十三)　まず、ひとり

下北沢・珉亭でいつものようにピンクのチャーハンを食べ、カズロウとダベる。彼はトレードマークとも言える「じゃじゃ麺」だ。その後、ボチボチ終電で帰ろうとした時、僕は大学入学後に先輩達の部屋飲みで「安い」日本酒を飲まされ悪酔いしたせいで完全にトラウマになってしまった、とふと彼に洩らした。すると途端に、眠そうだったカズロウのやる気にスイッチが入る。「本当の日本酒の味を知らないからそんなことを言う、いい酒はスーッと身体に入ってくる」と力説され下北沢駅前、彼の行きつけの先輩・ケースケさんのバー「敦煌」へとハシゴをすることになった。九州から樽で届いたばかりだという「究極の銘酒」をカズロウが奢ってくれるという。歳は二つ下だが、世田谷育ちで完全なる東京ネイティヴの彼の振る舞いは僕よりも大人だった。

「普段は一杯千五百円、最近中々、数が入らなくなってきたんだよ」

指にキース・リチャーズと同じ骸骨のリングをつけた彼は元々美容師。高校時代のカズロウの髪を代官山のサロンで切っていたが、三年前バーのマスターに転身したという。

「ポン酒ダメって言う奴にこそ、飲んで欲しいからさ。ゴータだっけ？　今日は初めて来てくれた記念に店から一杯目は奢る」

飲んでみて驚いた。本当に水のようにスーッと入ってくるではないか。

「今まで飲んできた日本酒と違う、水みたいにめちゃくちゃ澄んでます！　おおお流石、一杯千五百円。めっちゃ美味しい！」と、僕が感動して飲み干した瞬間。

「あーーーっ！」黒いハットを被り顎髭を蓄えたケースケさんがバー・カウンターの向こう側で目を見開いて叫んだ。

「ごめん！　カズロウ！　そっち単なる水だった！　おまえに頼まれてた水！」

「えーっ？　そんなことあります⁉」
素っ頓狂な僕の声を聞くや否や、あまりにも思いがけない展開に、カズロウは大笑いして床に崩れ落ちる。ケースケさんも完全に笑いのツボに入り「ごめん、マジでごめん！」と息が出来なくなりながら、平謝りし続けていた。

九五年五月九日。目覚めると、テレサ・テンの訃報がワイドショーで取り上げられていた……。〈愛人〉〈つぐない〉など彼女のヒット曲の数々がどのチャンネルを回しても流れてくる。偉大なるシンガーが亡くなったことに驚きはしたものの、その時の自分の心の奥には焦りしかなかった。五月十日のランチタイム、棚倉さんに新しい曲を持っていく。そう勝手に決めたのは僕なのに。
気がつくと、自分で決めたタイムリミットまで、もう一日しか残されていなかった。

徹夜明け……。最寄りの東西線落合駅から朦朧としながら地下鉄に乗り、自分が生まれた東京警察病院がある飯田橋駅で乗り換える。津田沼行きの中央・総武線に乗って秋葉原駅へ。ゴールデン・ウィーク気分も完全に抜けた五月十日水曜日。テレビの天気予報によると、最高気温は二十六度まで上がるそうだ。春を通り越して夏がそこまで来たかのように、外はあっけらかんとよく晴れていた。会社を久々に訪れ青柳社長に最後のお礼と挨拶を終えた僕を見つけるやいなや、棚倉さんは「昼飯でも行こうぜ」と席を立った。

よく通った定食屋でランチをご馳走になった後、僕は彼に本題を切り出した。作ったばかりの新しい楽曲を是非聴いてもらいたいんです、と。周りのテーブルでは制服姿のOLやサラリーマンが談笑している。棚倉さんは入口を背にした大きな窓側に座っていたので、彼の背後に通りを歩く街の人々がよく見えた。

肘をテーブルにつき目を閉じた棚倉さんが完成したばかりの新曲〈自由の小鳥（Bird Song）〉を聴いてくれている。それはそれまで僕が人生で体験した中で、もっとも長い「三分十五秒」だった。

BPM120、シンプルに「Dm7・G7・CM7・A7」を繰り返す、ライトなボサノヴァ・タッチの〈自由の小鳥〉。AメロもBメロもサビも同じ進行。間奏だけは自分の手癖で「Dm7・C♯M7・Cm7・BM7」と半音ずつ下がってゆく。昨夜、追い込まれた僕は循環するコードの渦の中で降り注ぐメロディを必死で追いかけては、次々と思いつく英詞の常套句をノートに殴り書きし歌を多重録音。ふと、我にかえった瞬間、ギリギリのタイミングで曲は完成していた。

棚倉さんと向かい合ったテーブルの上には徹夜のままこの街を訪れた僕が彼に渡した「DAT・ウォークマン」。雑然とざわめく周囲の空気の中で、小さなマシンだけがキュルキュルと静かな音を立てながら、実直に作動している。曲が終わると、棚倉さんはゆっくりとヘッドフォンを外した。

「あのさ……」

「あ、はい……」

隣のテーブルで食事をしている五人組のＯＬが大きな笑い声と嬌声をあげたが、僕らふたりの会話のテンポは何一つ狂うことはなかった。

「あなた、バイト辞めて良かったよ」

「え？」

「この曲さ。タイトルなんだっけ？」

「〈自由の小鳥〉です」

「あなたが今まで作ってきた曲と全然違うぜ……」

彼は五ヶ月前に出会って以降、僕の音楽活動をずっと応援してくれている。ただし、先月までは「持っているアイディアや根本はいいんだから、音楽以外の別の道で稼ぐことも考えて、音楽は一生の趣味にすればいいじゃない」と言っていた、それが基本姿勢だったはずなのに。


まず、ひとり。

たったひとりだけれど、本気で向かい合ってくれた人の心を俺は動かせた。その事実は大きな自信となる。別れ際、右手を上げて微笑み会社に戻っていく彼の背中に深々と頭を下げた。背水の陣から大逆転。意気揚々と自宅に帰ると、すぐにずっと探していた「もう一曲」までもが自分の元に降りてきた。急にスイッチが入るなんて！

二曲目のタイトルは〈She Goes 彼女は、ゆく〉。ワクイさんに教えてもらった初期のダリル・ホール＆ジョン・オーツを意識したアコースティックなイメージのミディアム・バラード。アコギを持っていなかったので、とりあえずストラトで代用し、一旦デモは完成させた。ワクイさんと出会うまで、僕にとってダリル・ホール＆ジョン・オーツというグループの印象は〈キッス・オン・マイ・リスト〉〈プライベート・アイズ〉以降のＭＴＶポップ・シングル群のイメージで固まっていた。七三年生まれの自分にとって、彼らがヒット・チューンを連発していた八〇年から八三年は、ギリギリ洋楽にハマる前の微妙な時期。

ビデオを観て、まず最初に夢中になったのは英国のデュラン・デュラン、ワム！、カルチャー・クラブや、ダンスの切れ味鋭いマイケル・ジャクソンのような「華やかな若さ」に満ちた面々。ホール＆オーツのシングルのキャッチーさは伝わったものの、特に髭面で明らかに「オジサン」然としたジョン・オーツのキャラクターはなかなか小学生の憧れの対象になりづらかったこともある。よく見るとオーツは「マリオやルイージ」感も漂わせ子供に人気が出そうな気もするが、それはどうでも良い。高校生になった頃、彼らのベスト盤《ロックン・ソウル・パート・ワン》を手に入れ熱心に聴くようになったものの、いわゆる「ブレイク前」、七〇年代の彼らの音楽を掘り下げることはそれまでなかった。

ワクイさんに勧められ購入したセカンド・アルバム《アバンダンド・ランチョネット》をアナログ・レコードで聴いてからというもの彼らへの想いは一転する。まだまだ僕は浅い。知っているつもりで知らないことばかりだ。

僕がバイトを辞める前、宿題のマル付けを先生がするように嬉しそうに彼は言った。

「《ワン・マン・ドッグ》、どうだった？」

「大好きです。ジェイムス・テイラー！《スウィート・ベイビー・ジェームス》は持っていたんですが《ワン・マン・ドッグ》は更にファンキーでリズミックで最高でした！」

「だよなー、ふふ。じゃ次は弟のリヴィングストン・テイラーや妹のケイト・テイラーのアルバム群も聴くといいよ」

ワクイさんが僕に教えてくれたのは七〇年代のシンガー・ソングライターの王道、名盤とされる時期から少しズレたところ。例えば、トッド・ラングレンも名盤の誉れ高い《サムシング／エニシング？》だけではなく、その前の二枚《ラント》《ラント：ザ・バラッド・オブ・トッド・ラングレン》がいいよ、と言ってくれたり。

もし棚倉さんが言うように僕の作詞・作曲において圧倒的な差がこの数ヶ月の間に生ま

れたのだとすれば、レコード店でも働いていた博識のワクイさんが次々と教えてくれる音楽が、僕の持っていた資質の新たな扉を開いてくれたからに違いない。

もうひとつ、彼が教えてくれた大切なことがあった。それは「現代アメリカ文学」の面白さ。特にピーター・キャメロンが八六年に出版した「ママがプールを洗う日」はワクイさんのフェイバリット。お勧めされた僕もそのドライでカラッとした明るい悲しみの表現に夢中になった。山際淳司が手掛けた翻訳の素晴らしさによるところも大きかったのかもしれない。アサヒ・スーパードライのCMにも登場する日本を代表するノンフィクション作家にワクイさんは心酔していた。彼の代表作「スローカーブを、もう一球」や、小説「夏の終りにオフサイド」などは僕も貪り読んだ。爽やかで奥行きのある山際スタイルの文体を咀嚼すれば、「洋楽的」なメロディに乗せる日本語詞がいつの日か書けるかもしれない。しかし、九五年五月二十九日。胃がんによる肝不全のため四六歳という思わぬ若さで山際氏は死去してしまう。ちょうど彼の著作を読み耽っていた僕は、大きく報道された突然の訃報に心から驚いた。

それまでの僕にとって「歌詞」は何よりも曲作りの鬼門だった。テキトー英語でフンフンとメロディを紡ぐまでは得意だったが、日本語を乗せ、置き換えると突然小洒落た感じが失われ格好悪い「歌謡曲」になってしまう。

ワクイさんはよく言っていた。

「『歌謡曲』っていうのは『日本語の歌』ってことなんだ。だからどんなにアレンジを頑張っても、クールに振る舞っても日本語である以上、全部『歌謡曲』になる。悪いことじゃないよ、『歌謡曲』にも素晴らしいものは沢山ある。でも、英語を日本語にしちゃうと失われるものもあるんだよ。英語が偉いわけじゃない。ただ、英語は現実的に『世界語』なわけじゃない？　だったら、英語でいいんじゃない？」

自分が音楽の中で描きたい世界は、ワクイさんに教えてもらった「ピーター・キャメロンと山際淳司の世界」にある。棚倉さんが〈自由の小鳥〉を聴き「今までと全然違う」と言ったのは、その歌詞やタイトルに秘められたムードも大きかったのではないだろうか。

## （十四）夢を叶えるために生きてきたんだ

下北沢に入り浸って過ごした約三週間で、僕は一ヶ月前までの自分の服装や髪型や振る舞いや発言の何もかもが「古臭く」感じてしまうようになった。自分なりに東京に来て格好をつけていたつもりだったが、そもそもがダサい。地元育ちのカズロウは、歳下なのに「都会の大人」として振る舞っていたし、バンドの先輩たちもおしなべて異常なまでにクールでナチュラルだった。僕は決心した。服装や雰囲気はここにいる皆の真似をしよう。徹底的に！　ただし、音楽だけはブレずに自分の感性を守り抜くんだ。笑われたとしても、時代遅れでもいい。音楽だけは自分のヴィジョンを貫き通す。

考えた末、東京育ちでおしゃれな小夏さんに三万円を預け、服を自分で選ばずに一度全部買ってもらうことに。ふたりで渋谷の街に出ると彼女はスイスイとショップを泳ぎ、セレクトしてくれる。オーバーサイズ気味の水色のギンガム・チェックの襟付きシャツとステューシーの黒い短パン、そして黒くて底が白いコンバースのジャック・パーセル。薄いブルーの色が入ったサングラス。少し可愛らしいチョイスだが、着てみるとしっくり来てなんだか自分でも面白いほどイメージが変わる。小夏さんは全身着替えた僕を見て「ほーぉ、いいじゃん」と微笑んだ。

この時期の日課は、カセットデッキに大量に買ってきた片面五分ずつのテープを増産すること。A面は〈自由の小鳥〉、そしてB面は〈彼女は、ゆく〉。寝て起きてボタンを押して、入れ替えてまた眠るまでその作業を永遠に続ける！

忘れてはいけないのが、美しくレイアウトされた歌詞カードを封入し、カセットレーベルで包み、テープ自体にも識別可能なようにデザインされたシールを貼ることだ。下北沢で多くの先輩バンド達が配るカセットは、業者に依頼したものであれ、メンバーやスタッフの味のある手作業であれ、まるでCDを手にしたのと同等のクオリティで驚くばかり。それまで僕が知るアマチュア・バンドは、オリジナル楽曲を演奏したとしてもライヴのみで繰り返される場合が多く、結局その場限り。パッケージにこだわり、配布する行為にまでエネルギーを注いでいたバンドは少なかった。今の自分にはＭａｃという最強の武器がある！　使いこなせるスキルもある！

下北沢を訪れた当初は客の熱気、「スタッフ」達を巻き込むバンドの力、彼らの「九〇年代的」な佇まいにただ純粋に感動しているだけだった。しかし、二ヶ月が経つ頃、次第に僕は自分にしかないストロング・ポイントに気づき始めている。

恵比寿のライヴハウス「ギルティ」でスターワゴンのライヴが行われた夜のこと。家まで送ってもらうことになり、機材車であるデリカ・スターワゴンの後部座席でワクイさんと珍しくふたりきりになった。ベースの林ムネマサは彼の同世代の仲間と飲みに行った。ワクイさんと同じ家に暮らし、帰り道の運転を担当する上条兄弟は精算に行ってしばらく戻ってこない。カーステレオからはワクイさんが大好きなフリートウッド・マックのアルバム《噂》から二曲目の〈ドリームス〉が小さな音量で流れている。

「ゴータ、プロのミュージシャンになるために、一番の才能ってなにかわかるか」

突然、ワクイさんから本質を見極めるような鋭い質問を投げかけられた。

「持ってる奴は持っている。生まれつきの才能。後から練習しても、お金をかけても、どれだけ顔がカッコ良くても、お洒落でも歌が上手かろうが、曲が作れようが関係ない。俺はこの年になって色んな人間を観察して、ようやくわかってきたんだよ」

「運ですか？」

僕は静かに言った。

「運はもちろんある。伝えるべきタイミングが来たら教えるよ。おまえさんには俺が時間をかけて気がついてしまった、その必要な才能があるような気がしてきたからさ」

僕はギターアンプやスネア・ドラムが所狭しと積み込まれた車の中で、横に座る彼の疲労を隠せない表情を見た。

「一回、メジャーからCD出す、とかそういうのじゃない。もっと本質的な話」

ワクイさんは車のオート・ウィンドウを静かに開け、煙草に火をつけて深く吸い込み、車外にフーッと煙を吐き出す。僕は彼からの問いかけについてしばらく黙り込んで考えるフリをした。見当もつかないからだ。

「あとさ。もうひとついいか」

「はい」

バイト先での柔らかいムードと違い、「真剣勝負」の場であるライヴハウス周辺で彼が言葉を重ねて話しかけてくれることは珍しい。ワクイさんは右手で眼鏡の位置を調整して、こちらを見た。

「嫌われることを恐れちゃいけない。これからオマエがバンドを組んだとして、CDを出したり、デビューしたり、夢を叶えていったとして、その後の話だけど。今からそのことを考えておくかおかないかで道が随分変わるから。ともかくアンチがいない、誰からも嫌われていない奴はダメだ」

「アンチがいない奴はダメ、ですか?」

「ジョン・レノンとオノ・ヨーコがどれだけ嫌われたか。今は亡くなって聖人みたいに持ち上げられてるけどね。ポールだって嫌われた。あんなに素晴らしい『ホワイト・アルバム』だって駄作だと叩かれたこともある。時間が経つと忘れちゃうんだけどね、言った奴らは。ゴータの大好きなマイケルだってそうだろ?」

「マイケルの馬鹿にされ方は異常ですね」

「どうせ、後で凄かったってなるよ。マイケルも」

「僕はそう信じてます」

明治通りに停めた機材車の窓から、対向車線を眺めながら僕は言った。酔客を乗せているであろうタクシーが並木橋の方向へと走り去ってゆく。

「今、オマエのことを知っている奴はオマエのことを好きな人間だ。でもこれからはそれだけじゃダメだ。アンチが生まれて、嫉妬され、揶揄されて、自分のいない飲み会やパーティー、ライヴハウスの打ち上げでも雑誌でも悪口を言われるくらいの人間になれ。このことの意味がわかるか？　もうすぐ俺の選ぶ道に対して、皆が文句を言い出すと思う。バンドのメンバーにも嫌われるはずだよ」

ワクイさんはタバコの煙をゆっくりと窓から吹き出した。

「どういうことですか」

「これからは、仲が良いだけじゃ進めない。俺の狙いだから。もしかしたら、もう色々言われてるのかもしれないけどね」

流れる曲は《噂》の三曲目〈ネヴァー・ゴーイング・バック・アゲイン〉に移り変わっている。アコースティック・ギターの響きが狭い車内に心地よく響く。

「僕も単に馬鹿にされるのは何回も経験しましたよ。大学時代に。ただ脅威に思われて憎まれるのは確かにかっこいいと思います。そこまで行ければいいですね、むしろ」

スターワゴンは変わらぬ上昇気流にあったが、この時期以降、饒舌だったはずのワクイさんは誰とも心を開いて喋らなくなってしまった。精算を終えた盛也さんが運転席に、欽也さんが助手席に座り、車は発進した。メンバーが戻ると急に無口になったワクイさんはじっと窓の外を見ている。ライヴを終えたばかりの彼は壁あての壁のように想いを僕にぶつけてくれたのだろうか。この夜の彼の言葉を僕はその後、何度も反芻することになる。

僕は相変わらず大学や下北沢から家に帰ると寝る間も惜しんでダビングを繰り返していた。デモテープを配った相手にアンケートを渡し、そこに書かれた住所に美しくデザインされたダイレクト・メールを送る。お金に関して言えばまだすべて持ち出しだ。しかし、そんな日々を繰り返している中で「ファン」と呼べるような何人かが僕の周りに生まれ始めている。ようやく上京してから、いや音楽の道を目指してから永遠に続くかと思われた長い「スランプ」のトンネルを抜け出そうとしている実感が湧いてきた。

「やったるでー！」

ひとり暮らしの東中野ヒルズで布団にくるまりながら、僕は大声で叫ぶ。

夢を叶えるために生きてきたんだ。

## （十五）石神井公園

九五年六月二十四日土曜日。

二日雨が続いたがその日は晴れ、気温は二十五度近くまで上がっている。石神井公園近くのワクイさん宅では、八月一日に発売されることになるスターワゴン初のフル・アルバム《ディストーションズ》のためのレコーディングが最終局面を迎えていた。この夜、アルバムに封入される歌詞カードのデザインを任された僕は、意気揚々とワクイさんと上条兄弟の暮らす一軒家に向かっていた。デザインと言ってもモノトーンのアルファベットがびっしり横書きに埋め込まれた洋書をワクイさんに見せてもらい、ただ単に模倣しただけなのだが。最終段階で歌詞が変わった場合、打ち込み直さなければならない。家に着くと、リビングで明らかに神経質に苛立った様子のワクイさんがギター・ダビングを繰り返しており場の空気が淀んでいた。

ヘッドフォンをしたワクイさんは、僕が来たことにも気づかない様子でひとり集中している。「これからはメンバーからも嫌われることを恐れない」と言った、ワクイさんの言葉が頭をよぎる。次の瞬間、ギタリストの盛也さんが僕に近づき「ゴータ、今日は一緒に飲みに行こう」と囁いてくれた。

「あるってちょっとのとこに自分で焼く『スマイリー城』って焼き鳥屋があるから」

双子の上条兄弟は群馬出身。「歩いて」を「あるって」という便利な方言は彼らから学んだ。ふたりは前バンド、女性ヴォーカルを擁したロコ・ホリデイズとしてすでに一度ポニー・キャニオンからデビューしており、解散した後にスターワゴンを結成している。兄の欽也さんは、どちらかというとドラマーらしい豪快な体育会系キャラクターの持ち主。兄弟のギタリスト・盛也さんは寡黙で芸術家肌、繊細なイメージ。ワクイさんはふたりのことを「キンの字」「モリの字」と呼んでいた。自分から誘うようなタイプでない盛也さんが声をかけてくれたのが嬉しくて、僕ははしゃいだ。生ビールで「お疲れさまでした！」と乾杯するやいなや、質問魔の僕が彼に襲いかかる。ロコ・ホリデイズは、どういう経緯でデビューしたのだろうか。

「昔の話だけどねー。ゴータの曲の話しようよ、めちゃくちゃ良かったよ、あのカセット二曲とも。あんな歌声が綺麗だなんて笑ったよ。一ヶ月で何本配ったんだっけ？」

三百本は配ったと僕が伝えると、盛也さんは僕の行動力を褒めてくれる。ただ、僕は褒めてもらえた嬉しさ以上に連れてこられた焼き鳥屋のシステムに驚いていた。焼き台でセルフ、つまり自分で焼くというのだ。

「豚カシラとつくねと地鶏もも肉と、トントン串、ほら、テキトーに選んで」

盛也さんによると、彼のデビューのきっかけは専門学校・ミューズ音楽院を卒業してしばらくした頃、雑誌『宝島』にポニー・キャニオン内に新レーベル「コンフュージョン」発足によるデモテープ募集の告知を見つけたことだと言う。

「欽也さんもミューズなんですか？」

「いや、欽也は青学の二部に通っててさ」

「あ、僕も二文なんで同じですね」

「で、俺がミューズにいた時、ロコ・ホリデイズのベース、ヴォーカルになる松野さんって子がいて。今はソロで『Ruby Ruby Star』って名前でCD出してるんだけど。彼女は昼はミューズに通って、夜は青学に通っててさ。で、俺と欽也を見て、同じ奴がいると思ってたらしくて。話しかけてみたらなんかちんぷんかんぷんで嚙み合わなくて」

「めっちゃオモロいですね」

オーディションに応募したのが四年前、デビューは九一年。「トントン拍子じゃないですか」と僕が言うと「俺もびっくりしたし。そのレーベルでフォルス・ラヴってバンドを手伝ってたワクイに会って」と彼は手慣れた様子で焼き鳥をひっくり返した。

繊細なイメージの盛也さんだったが、飲み始めると意外なほどにウマが合った。ロコ・ホリデイズが解散したのち、ワクイさんが上条家によく来るようになり「村上春樹の小説は全部読め」だとか「『銀河英雄伝説』のアニメは面白いから絶対に観ろ」だとか、アドバイスされて、色々影響を受けたこと。

中高生の頃はREOスピードワゴン、ジャーニー、TOTO、ボストンなど「産業ロック」のバンドに夢中に。ある日キュアーと出会いそれまで好きだった音楽が急に古臭く感じてしまってからは、エコー&ザ・バニーメン、スージー・アンド・ザ・バンシーズなどのニュー・ウェイヴを聴き漁るようになったこと。「そのあとはマイブラ、ライド、ローゼズ、ペイル・セインツ、ハウス・オブ・ラヴとかそんな感じで」

バンド名の由来となった「デリカ・スターワゴン」は、バンドの機材車のように見えているが、盛也さんが買った彼自身の所有だということ。ベーシスト林ムネマサとの出会いは、地元群馬の仲間に林の従兄弟がいて共通の繋がりの中で若い林がスターワゴンを観にくるようになり、ライヴの打ち上げなどで話すようになったことから。盛也さんは「こんなオッサンの話、根掘り葉掘り聞いても面白くないよ」と笑った。

「盛也さんめちゃくちゃ若いですよ、二十八歳だなんて信じられませんよ。だって熊谷駅で三年前に煙草買っちゃいけないっておばちゃんに怒られたんですよね？　確か？」

童顔の盛也さんは熊谷駅のキヲスクで「あんた、いくつ？」と売り子のオバさんにドヤされたそうだ。六七年一月、早生まれなので実はワクイさんよりも学年で言えばひとつ上だというのを知ったのは最近のこと。

「俺、カート・コバーンと同い年だぜ、去年亡くなった時、超驚いたもん」

「あー、あの日」

「俺が風呂入ってたのよ、そしたらワクイが風呂のドア開けてさ。『モリの字、カート・コバーン死んだ』って。新聞に載ってて、それ見せに来てさ。だから林が入ったことで、なんか若返ったというかさ、下北沢のギターバンドにこれで混ざれるかな？　とか、正直ちょっと思ったね」

「パンクのドサクサに混ざったポリスのアンディ・サマーズみたいですね」

その時「あー、やっぱりおめぇらここにいたのか」という声とともに兄の欽也さんも自宅でのレコーディング作業を終えて、同じ店に飲みに来た。

「やっぱり双子だとセンサーあるんですかね、同じ店に来るなんて」

「いやいや、ここは定番だから、双子関係ないけどね」

「あれ？　ワクイさんは？」

「ほっといた方がいい時もあるからさ。いいよいいよ。それよりゴータの曲、めちゃくちゃ良かったよ、あのカセット二曲とも。いつものキャラ知ってるからあんな歌声が綺麗だなんて笑ったよ、周りの皆も大絶賛、ハイ乾杯ー！」

「あー‼　さっき、盛也さんもほとんど同じフレーズで褒めてくれましたよ」

「俺、マジで坊主頭だし、関西弁だしさ。テープ渡されて、どんなハードコア・パンクかオモロ・ラップかと思ってたから。一回、マジでテープ間違えたかと思って止めたもん」

欽也さんはカツンカツンと左右にグラスを傾け乾杯しながら、笑った。思えば、スターワゴンというバンドにとって、傑作アルバム《ディストーションズ》を録音していた、この頃が最も充実していた瞬間だったのかもしれない。

彼ら四人の歯車は、この後、ワクイさんの完璧主義と暴走、不機嫌さの中で少しずつ軋む音色を立て始める。


九五年六月二十五日、日曜日。目覚めた僕は焼き鳥屋で上条兄弟と飲んだ昨夜の記憶をぼんやりと反芻しながら、テレビをつけた。SHARPの十四型ブラウン管に映し出されたのは「いいとも！　増刊号」。番組アシスタント「あさりど」が笑っている。

昨夜、深夜一時過ぎ。飲み終わった頃には終電の時間も過ぎていた。ふたりは心配してくれたが、僕にとってはむしろそこからが至福の時間。ヘッドフォンをしてディスクマンで好きなアルバムを聴きながらダラダラと酔い覚ましに歩く。吟味の末、BGMにセレクトしたのは、ティーンエイジ・ファンクラブ《バンドワゴネスク》。ワクイさんにバイトで出会った半年前、彼に最初に買うようにと勧められたCD。九一年の作品だ。

「CD聴きながら『あるって』帰るんで全然大丈夫です！」

僕は派手なピンク色の《バンドワゴネスク》のジャケットと、出たばかりの彼らの新譜《グランプリ》、そしてこれまた数日前にリリースされたマイケル・ジャクソンのベスト盤と新譜がミックスされた《ヒストリー》二枚組CDをリュックから出して見せた。

「めちゃくちゃ持ってる」

「というか今、ティーンエイジとマイケル、同時に聴いてる奴なんていないよ」

ふたりが笑った。

石神井公園から適当に南下すれば早稲田通りにたどり着く。トータル二時間ほど歩けば、東中野だ。《バンドワゴネスク》を聴き終えて、《グランプリ》にスウィッチ。好きな音楽さえあればどこまででも行ける。帰り道、ひとりティーンエイジ・ファンクラブを爆音で聴きながら考えていたのは「バンド」のことだ。自分達のバンドがあって、協力してアルバムを制作すること。たとえメンバー間に感情的なトラブルが巻き起こったとしても、すべて作品の中に落とし込める……。欽也さんと盛也さん、そしてこんな凄い先輩達とバンドを組んでいる、自分とほぼ同い年のベーシスト林ムネマサが本当に羨ましかった。

小さなブラウン管に映る「いいとも！ 増刊号」はダラダラと日曜日の午前中を染めてゆく。上条兄弟と飲んだ翌日だからだろうか、「双子の工藤兄弟は、いつ『いいとも青年隊』を辞めたんだろう」と、妙に気になったもののそれを知るすべなどない。そのまま眺めていると「テレフォン・ショッキング」のまとめコーナーでタモリが「今日は久しぶりですねー、荻野目慶子ちゃんです！ うわわ」と、本当は妹の荻野目洋子がゲストなのに姉の名を間違えて呼んだシーンがピックアップされていた。「きょうだい」か……。

ふと実家の京都から、高校一年生の弟がこのところ学校に通わなくなっているという連絡がきていたのを思い出した。友達や女子の家を泊まり歩き、困り果てた母親は夜中に鴨川の河川敷や三条、四条河原町などへ探しに行くなどして疲弊しているようだ。僕は弟への伝言を母親に託した。「京都は狭い。どうせ学校に行ってないなら、しばらく気分転換に東京に来たらどうか」と。親には反抗していた弟も六歳上の兄である僕の言うことだけは、まだ素直に聞いてくれている。彼が東京に来たならば、今の下北沢や周囲の先輩たちとのとんでもなく楽しい状況を味わわせて「ともかくなんとか高校だけは卒業し、その後上京してこい」と、諭すつもりだった。

今日も、夕方まではオリジナル曲二曲を収録したカセット・テープをダビング。日課となったこの作業だが、もうすぐ二ヶ月になり曲を増やすべき次の段階が来ていると僕は感じていた。歌詞カードをプリンターで印刷。カッターで丁寧に切って折り畳む。ジャクソン・ファイヴはもちろん、ダイアナ・ロス&ザ・スプリームス、ザ・テンプテーションズ、スティーヴィー・ワンダー、マーヴィン・ゲイなどモータウン所属アーティストへの憧れがともかく強い僕は、自分のマンションの一室を「GOWTOWN HITSROOM」と呼んでいる。モータウンのデトロイト、ウェスト・グランド通りにある最初の本社は「ヒッツヴィルUSA」。モータウンが「ヒットの街」ならば、こちとらワンルーム・マンションだから「ヒットの部屋」だ、と。そして僕はもうひとつのことに気がついていた。そろそろ自分のプロジェクト名をつけなければならないタイミングが来ている。

## (十六) 噂の男

僕はいつの日かこのソロ・ワークスがバンド形態に進化することを祈って「ノーナ・リ

ーヴス」というプロジェクト名のロゴをカセット・テープに記すことにした。あからさまに「バンド名」という響きは求めていなかった。まさにダイアナ・ロス、アレサ・フランクリン、タミー・テレル、フローレンス・バラード、シンディ・バードソングのような自分が大好きな女性ソウル・シンガーのフィーリング。架空のデュエット・パートナーのような名前がいい。ふと、マーサ・リーヴス&ザ・ヴァンデラスのマーサから苗字のリーヴスを、そしてマーヴィン・ゲイの娘ノーナから名前をもらい、掛け合わせてロゴを作ってみた。なんだか妙にしっくりくる。一旦、この名前でやってみよう。

二時間ほどかけて、二十本のカセットを「増産」し、下北沢駅まで向かう。フライヤーでスケジュールを確認すると、今夜のQueでは「叫ぶ詩人の会」による「阪神大震災救済LIVE」が開催されるらしい。いつもの仲間はいないだろうがシェルターや251、ぶーふーうーや敦煌に立ち寄れば誰かと会えるはずだ。

後で彼に自分の居場所が分かるようにとカズロウに電話をかけると、美容師が忙しい日曜なので当然のように留守番電話。ニルヴァーナの〈レイプ・ミー〉のサビのコーラスが割れた音で鳴り響く中、奴の「前田カズロウです。ただ今、留守にしております。用件をどうぞ」というふざけた調子の声が聞こえてくる。なんでわざわざ〈レイプ・ミー〉を留守電のBGMに選ぶんだと軽く腹が立ちつつも「今日、これから下北沢に行きます。最後はともかくケースケさんのバーに行きます。お互い、どっかで見つけて合流しようなー」
と吹き込んだ。

下北沢ビッグベンビルにいつものように辿りついた時、まだ外は明るかった。一階の路面店「ファーストキッチン」の方向から「おーっ、天才ー!」と声が聞こえた。数回、茶化すようなトーンで「天才ー!」と聞こえたので目をやる。声の主は、日高央《とおる》。サニーデイ・サービス、ZEPPET STORE、そしてN・G・THREEなどを輩出したインディー・レーベル「アンダーフラワー」のコンピレーションCDに、彼のバンド「PESELA-QUESELA-IN(ペセラ・ケセラ・イン)」の楽曲が収録されていて、僕は彼の作る楽曲のクオリティに度肝を抜かれていた。日高さんも、僕が数日前に渡したデモ・テープを聴いてくれたようだった。

「あのねー、俺、思うけど君は天才! 俺本当のことしか言わないから」

「えー……。日高さんに褒められるなんてめちゃくちゃ嬉しいです。僕もケセラ・パセラ・イン聴いて、すごいなと。ともかく曲が良くて」

これは本心からの言葉だった。日高さんはビートルズに影響を受けたインディ・ポップ・ソングを作らせれば超一流。例えばドラマの中で俳優や女優がカタコトで喋る関西弁は「あ、ネイティヴではないな」とすぐわかる。メロディも方言のように、流れるように自然に練り上げられ繰り出される場合と取ってつけて貼ったような不自然なものに分かれる、というのが僕の持論だった。「ネイティヴ」のソングライター同士はその感覚が共有できるので「まぐれ」ではなく優れた楽曲を連続で生み出せるのだ。

「おぅ、天才！　バンド名、間違ってるよ。ペセラ・ケセラ・インね」

「あー！　すいません！」

日高さんは僕のそばに近づいてこず、通る声でそのまま話しかけてくれる。

「バンド名、正確に呼べた人の方が少ないんで全然いいよ。いや、本当、この辺にいる奴では頭抜けた曲書ける奴だと思うぜ。シンプルなデモだからこそ、そういうの見抜けちゃうんだよね、俺。ともかく天才、また今度ゆっくりな。じゃなー」

〈自由の小鳥〉〈彼女は、ゆく〉、二曲が収録されたテープを配り始めてから、自分に対する風向きが急激に変わったことを感じている。それまでなかった称賛の声が突然聞こえてくるようになった。誰に褒められてももちろん嬉しかったが、とりわけ自分がその「音楽的才能」に惚れ込んでいる先輩から認めてもらうことほど自信になる経験はない。日高さんはまさにそのひとりだった。この時期まで「サラリーマンＰＵＮＫＳ」と自称し、レコード会社のスタッフとして働いていた彼は後に結成したビート・クルセイダーズのフロントマン、ソングライターとして大きな成功を収めてゆくことになる。

急激な自分の進化。理由を突き詰めると、一つは僕が自分の好きな音楽に「妥協」しなくなったことに尽きる。それまでの僕は「バンド」というフォーマットに憧れ過ぎていた。ギタリスト、ベーシスト、ドラマー、キーボーディスト、それぞれに自分の曲を気に入ってもらいたい、そうでないと彼らがバンドから離れてしまう、という弱気と危機感に苛《さいな》まれていた。その姿勢が、誰にとっても「ピュア」な音楽ではなくなり濁った原因だと思う。サークルの後輩で、二年間ギターやキーボードを頼んでいた才能あふれる勝木亮太がバンド「スリップ・スライド」を辞める時、「正直、ゴータさんの音楽は一度も自分に合っていると思わなかった。好きじゃなかった。ポップ過ぎるんですよ、俺はもっとロックなんです」と言われたトラウマも身体中に残っている。

自分にはコードワークやアレンジ面で頼る誰かが必要だった。ただ「相棒」になってほしいと懇願した亮太に忌憚なくそこまで断言されたことで、踏ん切りはついた。きちんと言葉にして別れを告げてくれた彼には心から感謝しているのだ。彼のおかげで新しい一歩を僕は踏み出すしかなかったのだから。わかっている。結局、俺にはバンドは無理なんだ。ソロ・アーティストとして生きるしかない。前途は多難。心は痛むけれど。

追い込まれた魂のギリギリのところから生まれてきたメロディと言葉こそが人の心を動

かしたのだろうか。僕はギターもベースも流暢なプレイは何ひとつ出来なかったが、相手に媚びて自分を曲げてもロクなことがないと思い知った先に生まれたのが〈自由の小鳥〉だったことは間違いない。

〈自由の小鳥〉をワクイさんに聴かせてしばらくした夜、「銀河英雄伝説」が好きな彼らしい表現でこんな言葉をくれた。

「これ、いいよ……。もしかしたらって思うんだけどさ。最近の皆のムードを見てると、俺がヤン・ウェンリーだとしたら、ゴータがユリアンなのかも知れないなー、って」

「志半ばでヤンがどうなったか知ってる僕に、そんなこと言わないでくださいよ。何言ってるんですか」

「今、二十一だろ。俺なんかすぐ越えられるよ」

「いや、ちょっと待ってくださいよ、ワクイさん！《ディストーションズ》、出来上がっている曲だけでもマジでやばいです！　あんなアルバム、僕もいつか作りたいです」

ワクイさんは口角を上げて困ったように笑ったが、何も言わなかった。

「俺も一枚でもいいんで、最初の一秒から、最後の一瞬まで納得出来るアルバム、プリンスの《パレード》みたいなアルバムが作ってみたいです。自分が心から満足出来るアルバムが出来るなら死んでもいいと本当に思ってます」

「死ななくていいでしょ。クオリティはそれぞれだけどアルバム作るなんて必ず出来る」

日高さんと別れた僕は、ワクイさんとの会話を思い出しながら下北沢駅南口までふらっと歩き始めた。すると駅の方向からひとりの男が歩いて来た。ベルボトムのジーンズ、ベージュのジージャン。白いTシャツ。無造作に肩まで伸びた髪。

この時、僕は初めて曽我部恵一を肉眼で見た。

ロック雑誌での姿そのまま、飄々とした佇まいの彼の元に、ひとりの女の子が駆け寄り話しかけている。ニコッと笑った彼は握手をし、軽く会釈をしてスッと通り過ぎＱｕｅの方向へと消えて行く。その洗練されたさりげなさたるや。せっかく自分のデモテープを用意してきたことを忘れ、僕は彼の後ろ姿に思わず見とれてしまった。

九五年初夏……、ここ下北沢では彼と彼のバンド、サニーデイ・サービスの噂ばかりが満ち溢れていた。

# 第3章

# Distortion And Me

九五年・夏——九六年・春

## （十七）百花繚乱

九五年八月四日金曜日。

東京がこの年の最高気温36・3度まで上昇した灼熱の夜。スターワゴンのファースト・フル・アルバム《ディストーションズ》の発売記念ライヴが、我らがホームグラウンドQueで盛大に行われた。「Distortion and me #3」と銘打たれたこのイベントには、彼らの盟友ピールアウトと、ザ・コレクターズのベーシスト小里誠さんの個人ユニット「フランシス」が対バンとして名を連ねたが、客が開演を待つフロアも百花繚乱。

PAの前に陣取る僕とカズロウの右手には勢いに乗る新世代ギターバンド、ショートカット・ミッフィー！のヴォーカル沼倉隆史君とギタリストの小野ちゃんが。勝負をかけた究極的にキャッチーな先行シングル〈サマー・キング〉をリリースしたのち、満を持して二週間後にセカンド・アルバム《SOUND》の発売を控えたエレクトリック・グラス・バルーン（エレグラ）の四人まで。フロントマン杉浦英治さん、ギタリスト筒井朋哉さん、ベーシストの奥野「オクジャ」裕則さん、新たに加入したドラマー角田亮次さん。場慣れした彼らは、このシーンの雄としての余裕に満ちていて、近づいて握手を求める女性ファンにサービスを怠らない。

開演ギリギリに、N・G・THREEの新井仁さんが後方奥のバンドマン達が密集したエリアに「おいっすーっ」と軽く会釈をしながらあの無敵の微笑みとともに現れた頃には、スターワゴン目当てに集まっていたはずの女子達があからさまにキョロキョロしては落ち着かない様子に豹変。彼女達それぞれの冷静を保とうとする仕草のわざとらしさは微笑ましいほどだった。

スターワゴンが海外のシーンと直結するレーベル「クリエイティブマン・ディスク」から全編英語詞のフル・アルバムをリリースする。それは、伝統的に歌詞が重要視され「メジャー・デビュー＝『大人達』によって何もかも分かりやすく『従来の歌謡曲』メソッドで塗りたくられる」日本の音楽界が変わる予兆のようにも思えた。

そしてこの夜、Queを訪れたバンドマン達のほぼすべてが、まさに今ロンドンでメディアが煽り、批判合戦を繰り広げ、互いに火花を散らすブラー対オアシスのブリットポップ頂上決戦に胸を高鳴らせていたことにも触れなければならないだろう。

イングランド南部のミドルクラス出身、王者として君臨するブラー。対してマンチェスター出身のワーキングクラスヒーロー、オアシスがデビュー・アルバム《ディフィニトリー・メイビー》をリリースしたのはたった一年前のことだ。一年という短いタームで、ブリットポップの金字塔的サード・アルバム《パークライフ》でその地位を揺るぎ無きものとしたブラーの牙城を、ギャラガー兄弟はメディア受けするパンチの効いた悪態と不遜さ、兄ノエルの紡ぐシンプルかつ圧倒的な楽曲クオリティと、弟リアムの天性のカリスマと唄声で崩しかけていた。

八月半ばには、ブラーのシングル〈カントリー・ハウス〉と、オアシスの〈ロール・ウィズ・イット〉が遂に本国で同日発売、直接激突するらしい。どちらが一位に？　まるで六〇年代のビートルズとローリング・ストーンズが巻き起こした狂躁とライバル関係のように。我々は今、未来の音楽ファンが羨むであろうこの上なく刺激的な瞬間をリアルタイムで目撃している、特に若い僕らはそう信じた。ここ下北Ｑｕｅは、ロンドンでリリースされたシングルが日本で最速でプレイされる場所のひとつ。それぞれが自分のパッション、置かれた現在地と目前で展開する狂熱を重ね合わせていたはずだ。

「英語詞」という美学を頑なに守りながら突き進む先輩グループ、スターワゴンから溢れ出す祝祭の香りを全身に浴びながら、まるでそれぞれが自分のことのように歓喜のグラスを重ねた夜。今にして思えば、遂に「我々の時代」が到来するという予感を無垢な想いで誰もが分かち合える短い季節がそこに存在した。曲の数は地道に増えていたものの、まだバンド活動自体は何一つ軌道に乗っていない僕ですら、何かを成し遂げたような気にさせる、九五年夏の下北沢の輝きを真空パックしたようなひと時だった。

シーン自体が上昇気流に乗っていたことは、これが僕にとって一週間——正確に言えば八日間——で、三回目のピールアウトのステージだったことからも窺える。まず彼らは、七月二十八日に渋谷クラブ・クアトロで行われたエドウィン・コリンズの来日ツーデイズ・ライヴ初日のオープニング・アクトに、翌日のスターワゴンと共に選ばれていた。

エドウィン・コリンズはグラスゴー出身のギターポップバンド「オレンジ・ジュース」のヴォーカリスト、ギタリスト。〈リップ・イット・アップ〉で全英八位のヒットを記録した後、バンドは解散。ソロ活動に軸足を移す。その後、九四年に発表したレトロ・モダンなシングル〈ア・ガール・ライク・ユー〉が全英、全米共にスマッシュ・ヒット、何度目かの黄金期を迎えていた。

くしくも数ヶ月前、僕がワクイさんから「池袋のタワーレコードなら、俺のバンドのCDも売ってるんじゃないかなぁ?」と仄めかされ、いそいそと買いに行った時、情熱的な店員による手書き文字で書かれていたのが「世界と共鳴するバンド、我らがスターワゴン! レーベル・メイトのエドウィン・コリンズも絶賛!」という言葉。あの時はその名にピンと来なかった僕だが、兎にも角にも凄い人なのだろうとの予測はついた。「エドウィン・コリンズも絶賛!」というポップを書いた張本人が、タワーレコード池袋店でインディーズ・バイヤーとして働いていたピールアウトのドラマー浩司君だったわけだから、彼にとってもさぞかし感慨深い共演だったことだろう。

七月三十一日、ピールアウトは、シークレット・ゴールドフィッシュ、シュガー・プラントと共にここＱｕｅのステージに立ち、また今夜も。僕はそのすべてのライヴを観て、打ち上げの最後まで参加している。まさに四六時中彼らと一緒にいたというわけだ。

しかし、進化し続けるピールアウトはこの日もとんでもないサプライズで僕に衝撃を与えてくれた。彼らの出番が来て、各種エフェクターやドラムのタムやキック、スネアの簡単なサウンドチェックがギーギー、タン！　トゥン！　ドドッ！　と聴こえ終わると暗がりの中からベース、ヴォーカル近藤智洋さんの姿が淡い照明によって浮かび上がる。次の瞬間、近藤さんがなんとスターワゴンの代表曲であり、アルバム《ディストーションズ》の冒頭を飾る〈シー・ユー・アゲイン〉の最初のフレーズ「I don't know maybe」と歌い出したものだから僕を含むオーディエンスのすべてが何事かと目を剝いた。岡崎善郎さんの日常を柔らかく切り裂く轟音ギターと高橋浩司君の全身を鞭のように使ってエネルギッシュにぶっ叩くドラムがその直後に同時に襲ってくる。僕の息は二十秒ほど完全に止まった。そして、状況を把握した後、隣で観ていたカズロウと見つめあい無言で握手。後ろにいた、芽衣子さんや小夏さんの歓喜の表情も確認する。

近藤さんの歌う新鮮な〈シー・ユー・アゲイン〉があまりにも嬉しくて。遠くに見えるドンちゃんやその向こうのマイカやモリへーとも「最高やん！」とテレパシー的に視線を合わして意思の疎通。ただし、心地よく爆音に身を委ね「もっともっと」と全身が要求したその刹那、一番サビ終わりで残酷にも〈シー・ユー・アゲイン〉は突然カットアウト。即座に彼らは自らの楽曲〈ソリチュード・イン・ザ・フィールズ〉からのメドレーに切り替え、お祭り気分と驚きで高揚する我々客の予測と生理を攪乱。いきなり逆方向に煽動してゆく。まるで、それは「俺たちは確かに友人であり、お互いにリスペクトし合っている。このシーンは共同体ではあるが、結局のところ弱肉強食のライバルにしかすぎない」と宣言するような冷徹な潔さだった。

ライヴが終わると、恒例のＱｕｅでの打ち上げ。ワクイさんや上条兄弟の周りにはアルバムの感想を熱く語るバンドマンや女子達が沢山いる。ふとすぐ隣のテーブルに目をやると、イベント前半からペース早く飲んでいた小夏さんが、芽衣子さんに抱きしめられるような姿勢で涙を流していた。初めて見る光景。僕はそばにいたドンちゃんに小さな声で聞いた。

「どうしちゃったんですか、小夏さん」

「さっきまで、辰巳もライヴ見てたのよ。ふたりが付き合ってたのは知ってるでしょ？で、なんだか小夏は彼のことが気になっちゃって飲みすぎたみたいで。小夏、実際に会って別れようって言われてないみたいなのね」

「そうなんですか？」

「電話だけだったみたい。それで今日、気を張ってたらしいんだけど。辰巳が楽屋口から逃げるように帰ったから悔しいって。ここは芽衣子に任せて、そっとしてあげよう」


僕は、ピールアウト岡崎さんや、エレグラ筒井さんのいるテーブルで呑むことに。ふたりとも、僕にとっては憧れのスーパー・ギタリスト。光栄なことだ。すでに完成したエレクトリック・グラス・バルーンのアルバム《ＳＯＵＮＤ》のサンプル・カセットを、筒井さんから手渡され何度も聴いていた僕は感動を彼に熱く伝える。

「今度のアルバム、マジでやばいです、特に筒井さんが作曲した〈ポルノ・マシーン〉の破壊力凄いです」

「嬉しいよ。角田君がドラムに入って初めてのアルバムだしね。気合い入ったね」

筒井さんは本当に優しい人。下北沢で出会った先輩達は皆優しかったが、特に筒井さんとは急速に仲良くなった。ザ・スミスのギタリスト、ジョニー・マーに心酔していた彼のアルペジオや、穏やかな性格から想像もつかないストレンジでエモーショナルなプレイは下北沢ギターポップ・シーンでも群を抜く存在感だった。

この後、筒井さんは僕の家に、よく泊まりに来るようになる。リハーサルやライヴ、レコーディングで帰りが遅くなり終電が無くなると自宅が遠い筒井さんから電話が来てその度に僕は喜んだ。彼は会うたびに毎回違うハイテク・スニーカーを履いている。エア・ジョーダン、エア・マックス、初めて僕が彼を見かけた時に履いていた赤と黒と蛍光イエローのポンプヒューリー。アルバムの内容の素晴らしさを熱弁する僕に対して筒井さんは言った。

「俺たちもさ、勝負だからね。今」

エレグラはサニーデイ・サービスと同じMIDIレコード所属。MIDIはメジャーでありながら小規模でファミリー感のあるレーベルだった。初代エレグラのドラマーだった丸山晴茂さんが脱退した後、サニーデイに参加したこともバンド同士の横の繋がりの濃さを示している。しかし、その「近さ」ゆえの悩みも彼らにはあるように思えた。

今年に入ってファースト・アルバム《若者たち》を発表し、雑誌メディアを中心に急速に評価を高めたサニーデイは、明らかにこの下北沢ギターポップ・シーンの「外側」に向けて強烈なインパクトを放ち覚醒している。急激にレーベル内のプライオリティや周囲の目が、MIDI的にはかなり「後輩」に当たる曽我部さん側に傾いていくのが「エレグラ派」の僕ですら感じられた。

しかし、僕はそれぞれの好みがあまりにもチグハグながらも摩訶不思議なきらめきを放つ、この時期のエレグラ四人のすべてが好きだった。彼らこそが、僕にとって東京のブラーだった。

## （十八）不安定な彼女

九五年八月四日金曜日、深夜。

スターワゴンファースト・フル・アルバム発売記念ライヴは大盛況のうちに幕を閉じた。先ほどまで熱狂に包まれていたQｕｅは、いつものように早朝まで続く打ち上げ会場へと変わっている。メジャー、インディー、大小様々なレコード・メーカーのディレクターやレーベル・オーナー、音楽ライター達がミュージシャンと入り乱れながら談笑。他会場でのステージを終えたバンドマンも合流しごった返す。なぜかいつもこの界隈にいるが普段は何をしているかわからない連中も多い。周りから見れば自分もそのわけのわからないひとりなわけだが。

それぞれのガールフレンドや、イベントを取り仕切る女子達もはしゃいで楽しそうだ。さっき涙を流していた小夏さんも落ち着いた笑顔を見せていて僕はホッとする。ショート・ヘアで、下北界隈のミュージシャン達へのインタビューやそれぞれの作品のレビューを書き、コピーを巧みに使ったファンジン『シエスタ』を作っているコノミちゃんと目が合う。ピタッとしたTシャツを着た彼女は腰のあたりで小さく手を振ってくれた。
僕は、この夜も完全燃焼のパフォーマンスで痺れさせてくれたピールアウトのギタリスト岡崎善郎さんの隣で黒いパイプ椅子に座り、氷のように冷たいビールを勢いよく呑み干した。Ｑｕｅのフロアに置かれた簡易テーブルには、ポテトチップスやミックスナッツ、焼きそば、チョリソーが置かれている。岡崎さんは、もし彼が俳優だったとすれば「怪優」と呼ばれたであろう憑依タイプのミュージシャン。ステージでは自らが掻き鳴らしてを構築したヘヴィ・サウンドの檻の中で、鋭い眼光を保ちながら長身細身のカラダを揺らす。ギター・プレイに没頭する彼からはいつも獣のようなオーラが放たれている。普段は嘘のように穏やかなムードだったが、どんな場面でも周囲の喧騒に流されない頑固さと緊張感を奥底に漂わせていた。

ワクイさんから指名され打ち上げのBGM係を任されていたカズロウは、アイズレー・ブラザーズのLP《ブラザー・ブラザー・ブラザー》を小さな音量でアルバムごと鳴らしていた。すぐそばにいるベーシスト林ムネマサや、彼の親友で熊のように大柄な石田功次郎と酒を呑み交わしながら楽しげにターンテーブルを回している。ただ、カズロウの鳴らすロナルド・アイズレーのコクのある美声はＱｕｅのあちこちで響く笑い声にかき消され、僕を含む数人の耳にしか入っていない。カズロウが、フリートウッド・マック〈リトル・

ライズ〉を次曲に選曲したのと同じタイミングで、何かをしばらく考えていた岡崎さんが僕の目を見て「俺が元々別のバンドやってたの知ってるでしょ」と言った。

「はい……、BEYONDSですよね。アメリカ・ツアーもした凄いバンド」

岡崎さんは、ファーストまでは単なるBEYONDSのファンだった、と僕に告げた。急に加入が決まって二週間でいきなりソールド・アウトのクアトロに出演することになったが、大ファンだったからなんとか弾けた、それが最初のステージだと言う。自分だけ練習が足りないから家で立って肩からストラップをかけてイメージし、猛練習したのだと。レッド・ホット・チリ・ペッパーズのギタリスト、ジョン・フルシアンテも、ファンから正式メンバーになっている。

「ジョン・フルシアンテみたいですね」

「だね。人生って一年、二年で何が起こるかわからない。結局あんなにいいバンドだったBEYONDSも俺が入ってあっという間に解散しちゃったしさ。でさ、今、俺、思ってるのは、もしピールアウトの誰かが脱退するとか、解散するってなった時には俺、ギターごと捨てて音楽辞めるってこと」

岡崎さんはもしもピールアウトが終わったとすれば、ロック・バンドでギター弾くこと自体もうしない、このバンドが最後だと言い切る。

「縁起悪いこと言わないで下さいよ。まさにこれからじゃないですか、ピールアウトは」

「この前、『今までの音楽人生で、同じ目標に向かってタッグを組めるバンド・メンバー、パートナーを一度も見つけられなかった、でもどうしてもバンドが組みたいです』ってゴータ、言ってたじゃない？」

「いつもそう思ってます」

「バンドって中々組めないよ。で、俺はこのバンドに賭けてる。今二十五でさ、このバンド作ったの去年だから。ゴータ、二十一でしょ？　まだ大丈夫。妥協しないで、ともかく今まで自分が出会った中で一番こいつしかいないと思えるメンバー、まず誘ってみなよ」

「一番こいつしかいないと思えるメンバーですか……」

言われた瞬間、僕の頭にまずひとりの男の顔が浮かんだが、耳元で急に声がしたので驚き振り向いた。

「そうだよ、若くて羨ましいよ」

全く気がつかなかったが、少し前から今日の主役のひとりであるドラマーの上条欽也さんがわざと忍者のように気配を消して静かに僕の横に座っていたようだ。

「今の岡崎君の話、めちゃめちゃいいじゃん」

「いつから聞いてたんですか」

耳元で響いた突然の声に驚いた僕が狼狽《うろた》えながら聞くと、欽也さんが言った。

「へへ。いや、岡崎君はまだ若いけどね。俺と『モリの字』なんて次の誕生日で二十九だぜ、あっという間に三十」

「見えないですけどね」

「やばいよ。オアシスの弟なんて、林と同い年だよ。嫌になっちゃうよ」

「えーーー！！？　リアム・ギャラガーって今、二十二歳なんですか？」

僕は、甲高い声を上げた。ブラー対オアシスだ、シングル同日発売の激突だ、などと対岸の火事のように盛り上がっていたことが急に恥ずかしくなる。自分と一歳しか変わらないじゃないか、と。

「好きなバンドやスポーツ選手が歳下ばっかりになってくると超凹むぜ。だからゴータなんて全然大丈夫だよ。なんだって出来る。俺なら明日からピアノやるね」

「ピアノ？　どういうことですか？」

「その歳で二年やればどんな楽器だって相当上手くなるってことよ。バンドだってなんとでもなる。ま、ちょっとくらいは焦った方がいいけどね」


リアム・ギャラガーが自分と同世代という事実は、夢と野望に満ちた下北沢での竜宮城生活に冷や水をぶっかけられるほどのショックを僕に与える。その瞬間……。さっきまでライヴも観て、陽気に酒を呑んでいたはずのモリヘーが、明らかに何かトラブルが起こったことが伝わる顔面蒼白の表情でＱｕｅに飛び込んできた。一旦、外に出て走り回っていたのだろうか、息も乱れ額には汗も浮かんでいる。打ち上げ会場にいる僕ら以外のメンバーはそれぞれの会話に没頭しているので、モリヘーのテンションに気づいてはいない。

「あのさ、マイカ知らない？　見てない？」

「あれ、さっきまでいたやん、君も一緒に」

「三十分前くらいからいないんだよね。私もうっかりしてて。『ぶーふーうー』や『敦煌』見てきたんだけどいないの。留守電にはメッセージは入れたんだけど」

異変を察知したカズロウが、ＤＪブースを離れてこちらに来た。今日の出演者である岡崎さんや欽也さんに迷惑をかけるわけにはいかない。僕はカズロウとモリヘーと共にＱｕｅの階段を駆け上がった。モワッと蒸すような熱帯夜。下北沢駅南口まで少し速めに歩くモリヘーに、僕とカズロウはついて行った。

「後でちゃんと話すけど、マイカね……。あの娘、今、ほんと精神的に不安定で。カズロウ、ゴータに話した？」

「いや、俺から話すことじゃないかなって、まだ」

「多分、近くのどこかにいると思うんだ。今日だけはひとりにしたくなくて。カズロウは北口見てきて。ともかく後で『ぶーふーうー』集合ね」

「わかった。マイカを連れてくればいいんだよね？」

カズロウは駅の階段を二段飛ばしで颯爽と登り、僕の視界から消えた。

## （十九）マイカを探して

八月五日土曜日に日付は変わって、深夜一時半。心配そうにマイカを探し、慌てていたモリへーだったが、下北沢駅南口のマクドナルド前でしばらく辺りを見回した後、観念したかのように、フーッと大きなため息をついた。

「ごめんね、急に。今日はあの子、本当はひとりにさせたくなかったんだけど。留守電には入れといたから、メッセージ聞いてるかもしれない」

チャーリー・ブラウンが描かれた「チビT」にブラックジーンズを合わせた彼女は駅に背を向け、ミスタードーナツの方向へとゆっくりと歩き始めた。「下北沢南口商店街」のアーケードをぼんやりと見上げていると「おーい、こっち！」と呼ばれ、慌てて小走りしてモリへーに追いつく。ともかく、暑い。何やら深刻な表情のモリへーに付き合う形で訳もわからず店を飛び出してきたが、左手に「洋食屋マック」が見えた瞬間、僕は思わずフッと笑ってしまった。緊張と緩和。モリへーも釣られて、ちょっと笑った。

「え？　何？」

「いや、ちょっと前の火曜日。カズロウに『十二時に下北マックで集合な』って」

「うん」

『昼飯食おうぜ』って言われてさ。で、俺、そこのマクドナルドにちょっと入って待ってたら、あいつが言ってたのこの洋食屋のマックだったみたいで全然会えなくてさ」

「はっ、もうやめてよ、アイタタ、ハハ、お腹痛い」

「俺はともかく動かない、って選択肢を選んだわけ。そしたら、あいつが三十分くらいしてて『まさかな』って言いながら、マクドナルドに来て。結局会えたんだけど。超腹空かせたカズロウが、めっちゃ怒ってさ。『下北でマックって言ったら、昔からこっちなんだよ！　俺は休みの日の昼はマックのハンバーグとカニコロッケって決めてんだよ！』って」

モリヘーは軽くうずくまるような姿勢で笑い続けている。

「俺もムカついたから『俺が昔の下北知るわけないやろ！　お前ら東京の奴らが「マック」言うたら、マクドナルドちゃうんか！　ほんなんやったら俺ら関西人みたいに最初から「マクド」言うとけ、ボケー！　ややこしい！』って、まさにこの場所で言い合いになって」

H Jungle With t の大ヒット曲〈WOW WAR TONIGHT 〜時には起こせよムーヴメント〉を大勢で熱唱するカラオケの声が、どのビルからか漏れ聴こえてくる。あっという間に僕らは南口商店街の出口まで辿りつく。マイカは見当たらない。モリヘーが北澤庚申堂の角を左折したので、僕らは結局またＱｕｅの方向に戻る形になった。

「どこから話そう。マイカ、ドラム上手いって皆から聞いたことあるでしょ?」

モリへーと僕はＱｕｅの前の階段に座り込んだ。

「マイカの家、すぐそこ世田谷の若林にあるの。昔から付近一帯の地主でね。お父さんが土地を活用して幼稚園やマンション、色々経営してる」

「兄貴がいるんだっけ」

「うん。いる、と言うか、いた、と言うか。マイカはひとり娘で長女なんだけど、上に三人の兄がいて。父親の事業を継ぐのは、随分前から長男と次男の予定でね、そのふたりは父親に従順なのよ。三男の哲平はバンドやってて、バイクに乗って。ことあるごとに父親に抵抗してた。でも哲平だけがマイカが唯一家族で心開いていた存在で」

ギタリストの兄・哲平にバンドに誘われ、中学生の頃からマイカはドラマーとしてシゴかれたのだとモリへーは続けた。

「哲平は多摩美の学生で。急に亡くなったんだ。一年前の明日というか、もう今日」

「え?　理由は……?」

「雨の高速でバイクで滑ったのよ。危なっかしいところもあったから、注意はしてたんだけど。わたしや曽我部と同い年。七一年生まれ。かっこよくて優しくて、本当にいい奴」

「モリへーは、どうやってマイカと知り合ったん?　お兄さんが先?」

「私がマイカと知り合ったのは、そもそも哲平のバンドのドラムが妹で可愛いルックスに驚いたのがきっかけ。マイカは学生時代から、数人の美少女とひとくくりにして周囲から『世田谷少女隊』って呼ばれててね。スカウトされるほど目立つ存在だったから」

「世田谷少女隊？」

「マイカに言わないでね。そのネーミング、すごく恥ずかしがってるから。でも事実なのよ。今もだけど、昔から評判の美少女で。よく話してみるとわかるけど、あの子本当は英語の先生になりたかったんだよね。今もそう思ってるはず。ただ、あの見た目で街歩けばスカウトマンに声かけられちゃうから。何度断ってもダメで押し切られたというか」

「色んな人生があるなぁ」僕は笑った。

「本当だよ。でもあの子の原動力は結局、お父さんというか、あの家から逃れたいってことだから。外から見れば都内の便利な場所にマンションもあって、仕事も約束されててって羨ましくも思えるけど、未来が固められてるのってやっぱり嫌じゃない？　私もそこはわかる」

僕らはどちらからでもなく立ち上がり、駅前に向かってもう一度歩き出した。

「お兄さんとも仲良かったんだ？　モリへーは」

「そう。なんなら私は哲平のこと、一時期好きだったくらい」

「わお！」

「結局、単なる友達だったけどね。あいつはツェッペリンとブラック・クロウズ、ローゼズ。ドラムがいいバンドが好きで。だから、マイカは厳しくトレーニングさせられたの」

「そんなにドラム上手いんだ？」

「ドラムって体格じゃないんだね。体幹っていうか。ともかくマイカのドラムは迫力あってびっくりするよ」

僕はゆっくりと八月の空気を吸い込んでから言った。

「そんな雰囲気全然見せないから、話だけだとちょっと信じられないけど。一回、生で聴いてみたいなー」

「多分、無理じゃないかな……。哲平が亡くなってからもうスティックも握ってないみたいだし、自宅にあったドラム・セットも処分したみたい」

「自宅にドラム・セットがあったんだ？」

「あの子の若林の家、かなり庭が広くてさ。高い木が四方の壁沿いにそびえてて敷地を守ってる感じで、ちょっとした公園レベル。私も一回行ったことあるんだけど、そこに離れみたいな一軒家が立っててね。父親とソリが合わない哲平とマイカはそこで暮らしてた。そこがスタジオみたいになってて、ドラム・セットもアンプも揃ってたからバンド仲間が集まるじゃない？　それがまたお父さんの逆鱗に触れて忌み嫌われてたって感じ」

「ま、そうなるだろうね。単純にうるさいだろうし」

「ともかく上のふたりの兄貴が親父に媚びて、ゴマ擦《す》ってすごいのよ。経営してる幼稚園の園長とか、子会社の社長とかなるんじゃないの？　だから、なんだかお葬式でも哲平が亡くなって本当に悲しんでるのはマイカだけみたいな感じで。マイカは実際私にそう言って泣いてたんだけど。普通は『そんなことない。思い込みだよ』って言うじゃない。私、言えなくて」

「嘘つけない。そんな感じなんだ」

「それが凄い嫌だった。で、明日一回忌じゃない？　親族だけで集まるみたいだけど、呼ばれてない私も気分が重いくらい。だから、あの子が心配なのよ」

喫茶店「ぶーふーうー」に辿り着き、半地下の階段を降りるとカズロウも向こうから大きなバツ印を両手で作って歩いてきた。

「見つかんないねー」

カズロウがため息をつくように言った。モリへーが気を取り直したような表情を見せた。

「しょうがないよ。あたし、留守電にここでってメッセージ入れちゃったから、ここで待つ。ふたりはQｕｅ戻っていいよ」

打ち上げのBGM係を任されていたカズロウはQｕｅに戻る。すでに夕方から飲み過ぎていた僕は、モリへーと「ぶーふーうー」でアイスココアを飲むことに。男女問わず顔の広さが半端なく「下北シーンのある種の象徴」だと誰もが認識しているモリへーには、聞きたいことが山ほどあった。彼女が東京ではなく、群馬の高崎出身だと聞いて驚いたのはこの夜のことだ。中学生の頃の彼女は「ナゴムギャル」だった、という。

「『ナゴム・ギャル』って、どういうことなんだっけ？」

「最初は有頂天のケラさんのファンになってね。ナゴムレコードの主宰がケラさん。明確な何かってのはないんだけど、そのレーベルのバンドのファンのこと。私、土、日に電車に乗って東京に来て入り待ち出待ちをするのが楽しみで」

その頃、モリへーが恐れていたのが電気グルーヴの石野卓球さんだという。

「当時は『ZIN-SÄY!』だったけど。ナゴムギャルたちに『ブスはどけよ！』みたいな感じで。風物詩って言うか、年上の女の子たちはキターッ！　って感じもあったんだけど、わたしは中学生だから怖くてさ、超インパクトある体験じゃん。瀧さんは優しかったよ。もう、だいぶ昔の話。今は新井ギャルだけどね。はは」

有頂天のあとは、フリッパーズ・ギターに夢中に。ラフォーレでのライヴは思い出だと彼女は微笑む。最後のチケットも持っていたけれどフリッパーズは急に解散してしまう。

「どっちのファンってあった？」

「小沢君」

「へー。で、新井ギャルか。凄いなぁ。新井ギャルって何人いるんだろ」

「東京近辺で三百人、地方もいるから合わせて五百人くらいじゃないの？　でもね、この界隈、今、女子の中で『一番抱かれたい男』って新井君じゃないんだよ」

「え？　誰だろ？　英治さん？」

「じゃない」

店内には有線でマイ・リトル・ラヴァーの新曲が流れている。悪戯な笑みを浮かべたモリヘーがジョッキに入ったアイスココアに手を伸ばした。

「答えは？」

「アベジュリー」

「デキシーの？」

「そう」

「そうなん？　デキシード・ザ・エモンズ！　アベジュリー。へーーー。いやー、面白いわー。先輩、勉強になります!!」

「あんた、マジそんな時だけ、先輩扱いしないでよ、やめてよー」

モリヘーの豪快な笑い声が「ぶーふーうー」に響き渡った。

## (二十) 街の名士

「ぶーふーうー」のドリンクはジョッキで提供されるので得した気分になるが、クラッシュアイスがたっぷり入っているせいですぐに薄くなった。深夜二時を過ぎると打ち上げを離脱した劇団員やバンドマン、スタッフ、それぞれのファンが始発まで時間を潰すために集まってくる。ふらっと現れた「ＫＯＧＡ（ケーオージーエー）レコーズ」代表の古閑裕《こがゆたか》さんが、僕とモリヘーの顔を見つけてほろ酔いの表情で「うぃーっす」と声をかけてくれた。僕は、彼がレーベル経営者になる前、ベーシストとして世に出たバンド「ヴィーナス・ペーター」のセカンド・アルバム《スペース・ドライヴァー》をほんの少し前に手に入れて聴いたばかりだった。

古閑さんのことを下北沢で知らぬ者はいない。最初に彼と会ったのは真夜中のライヴハウス「シェルター」での誰かのバンドの打ち上げ。ワクイさんが「ＫＯＧＡは、下北のクリエイション。古閑君は下北のアラン・マッギーだよ」と僕に紹介してくれたのだ。

今をときめくオアシスを擁するクリエイション・レコーズの創設者アラン・マッギーは、プライマル・スクリームのボビー・ギレスピーと学生時代からの親友。自身もバンドマンだったが、銀行から融資を受けロンドンにクラブ「ザ・リヴィング・ルーム」を開店するなど裏方へ転向。元々は仲の良いプライマル・スクリームやジーザス・アンド・メリー・チェインのレコード契約がなかったことから設立したクリエイションは成長を続け、初期のマイ・ブラッディ・ヴァレンタイン、ティーンエイジ・ファンクラブも在籍、今やイギリス最大のインディー・レーベルとなっていた。

下北沢にはバンドマンだけでなく、古閑さんのようにレーベルを運営しCDをリリースしてくれる先輩達が何人か存在する。古閑さんは上機嫌で「おおう、ゴータ、今度Ｑｕｅでライヴやるみたいじゃん、バンド組めたんだ?」と声をかけてくれた。僕は「実は十月二十八日に誘われていて、大学のサークル仲間にソロを手伝ってもらう感じになりそうですが実際はまだわからないんです」と言った。少し前から演劇系の知り合いに話しかけられていたモリへーが僕の言葉を聞き、驚いてこっちを向いた。

「初耳! あんたライヴやんの? それもＱｕｅで? 早く言いなよー!」

「ドンちゃんが誘ってくれて。ただ、肝心のメンバーがポツポツとしか決まってなくて」

古閑さんは自分の新しいバンドもＱｕｅで演るよ、と言った。

「知ってます! 九月二日、エレクトリック・グラス・バルーン、Ｎ・Ｇ・ＴＨＲＥＥと、古閑さん達のジュピター・スマイルですよね!」

「次のヴォーカル、あんたと同じ歳なんじゃない」

モリへーが言う。店内のＢＧＭは、スピッツの〈涙がキラリ☆〉に変わった。

「でねー、超カッコいいよ、ＴＯＫＩＯの長瀬君みたい。背も高くて、名前もオークボダイゾウ」モリへーが嬉々とした表情で付け加える。

「まぁ、バンド自体仕切り直しだから、これからだけどね」と古閑さんは満面の笑みを浮かべた後、僕に向かって二度優しく親指を立て、自分の仲間の待つテーブルへと向かった。

入れ違いのようにＱｕｅからやって来たショートカット・ミッフィー！のヴォーカル沼倉君が、上機嫌な様子で「モリヘー‼」と彼女に声をかけた。僕は彼に場所を譲り、アイスココア代だけを置いて店を出ることにした。ショートカット・ミッフィー！は秋に出るコンピレーション・アルバムに参加が決まっている。どんどん同世代の仲間達がチャンスを摑んでゆく。

地下から階段を登り、煙草に火を着ける。無性にケースケさんの顔が見たくなった僕は「敦煌」を目指した。ドアを開けると黒いハットを被った彼はひとり、カウンターの中で顎髭を触りながらジャズのレコードを聴いていた。元々、美容師だったケースケさんは「仕事場で自分の好きな音楽だけを聴いていたい」と一念発起、バーのマスターに転身したそうだ。実際、彼はジャズやヒップホップを中心に膨大な音楽知識を持っていた。

「おおおぅ。今日、スターワゴン、レコ発どうだった？」

「サイコー過ぎました」

「カズロウは？」

「あいつワクイさんに打ち上げのＤＪ頼まれてたんで、まだＱｕｅにいますね。俺、さっきまで『ぶーふーうー』にモリヘーといて」

「あ、そういやモリヘー、マイカ探して一回ここに来たわ。あいつ心配しすぎなんだよ、お前はマネージャーかっつうの」

「ははは、さっき彼女連絡取れないの困るからマジで携帯買おうかなって悩んでましたよ。『ヴィニール』の古平君から」

「あぁ、あの噂のバンドね。確か城南電機でバイトしてる奴がいるんだろ」

「古平君。なんか安く買えるみたいで、周りの先輩達がどんどん彼から携帯買ってて。今日も英治さんが携帯受け取ってて。打ち上げの途中でハコ開けて喜んでました」

新世代バンド、ヴィニールの勢いは驚異的なものだった。ケースケさんによると「敦煌」に来る音楽関係者も完全にブラー以降の感覚だと大騒ぎしているという。ヴィニールは、ショートカット・ミッフィー！や、ピールアウトも入るというコンピレーションCDにも参加が決まっている。

「皆、どんどんチャンスを掴んでいくんですよ。本音を言うと、焦りしかないです」

「まぁ、でも俺は世の中から浮きまくってるゴータの『八〇年代趣味』もいいと思うけどね。今、マイケル・ジャクソンとかワム！とか言ってるのサイコーだよ、誰もいないじゃん、正直。笑えるくらいの孤軍奮闘ぶりがいい」ケースケさんは、ターンテーブルに向かってレコードをひっくり返し、また針を盤面に下ろし回転させた。

「これ、なんですか？」

「ん？　さっきまではマイルス。で、今はセロニアス・モンク。A面がマイルスのライヴで、B面がモンク」

ケースケさんは、レコードのジャケットをヒョイとカウンター越しに僕に渡す。

「モンクは、不遇の時代が長くてさー。あんまりにも独創的過ぎて大衆に受けない。でも、プロになってだいぶ経ってからブレイクするんだよ。評価は逆転。最高、神だ！ 天才だ！ みたいな時代が何年か続いて。それが今聴いてるこの時期ね。『時代がモンクに追いついた』的な。で、しばらくしてマンネリだって飽きられたりもするんだけど」

いつもは混んでいる「敦煌」。ケースケさんとふたりきりで話せる時間はあまりない。僕はずっと聞きたかった質問を、ふと彼に投げてみた。

「ケースケさんって、なんで美容師辞めてバー始められたんですか？」

グラスをテキパキと手際良く洗いながら流暢に説明を続けるケースケさんが動きを止めた。

「一番は音楽聴きながら仕事がしたくて。全部自分で選曲して、ターンテーブルでレコードに針を落として。好きな音楽聴きながら暮らしたかった、というか」

「そうなんですね。こうやって自分の城があるのは凄いなって思いますよ」

「美容師の時、二十代半ばかな。年齢の割にそれなりに稼げてさ。雑誌に載ったりして」

「カズロウが、ケースケさんに憧れて美容師を目指したって。カリスマ美容師のハシリだって言ってました」

ケースケさんは頷いた。

「俺の店、流行ってたのよ。今もだけど。表参道の交差点、美容室だけで五百メートル四方に千五百店舗あったんだよ、五年前かな」

「そんなにですか？」

「ただ途中からあんまり毎日が楽しくなくなっちゃってさ。予約も何ヶ月も先まで入って。全国から髪を切るために集まってくるような感じで、ありがたいんだけど。皆、喜んでくれるんだけどね。ある時点から同じことの繰り返しに飽きる瞬間があった。朝起きて店に行くのが気が重くなって。それで辞めた。今はさ、昼過ぎに起きるじゃない。今日、なんのレコード聴きながら仕事しようかなって。楽しいんだよ。稼ぎは落ちたけどね。この店に来るのが嬉しいんだ。規模とか評価とかじゃないんだって身をもって知った感じ」

僕が生ビールを飲み干し、二杯目をグラスを持ち上げて注文するとケースケさんは右手で了解の合図を返した。

「いいじゃないですか。一回、ちゃんと極めたからそこに気づけるのも格好いいです」

「その時に客として出会ったカズロウが美容師目指してくれたりさ。マイカや兄貴の哲平も俺の客だったから。高校生とかの頃かな。嬉しいよね、今も慕ってくれると言うか、会いに来てくれることが」

ケースケさんは肩甲骨を近づけるように背中を反らし、伸ばしながら急に大声を出した。

「あ！」

「びっくりしたー！　なんなんですか！」

「いきなりだけど、ゴータ、『なんでんかんでん』ってラーメン屋知ってる？　今から店閉めるからそこ一緒に行かない？　奢るからさぁ」

短い時間で何度も驚いた僕が「こんな深夜に開いてるんですか？」と尋ねると「開いてる、と言うかちょっと並ぶかも。博多のとんこつ」と彼はなぜか自信満々の表情で答えた。

場所は環七沿いの羽根木だと言う。店を閉めるから下から外の看板を持ってきてくれないか、と頼まれた僕が非常階段を慌てて降りて見た目以上に重い看板を持ち上げようとしたその時……。視線の先に探していたマイカが佇んでいた。

彼女は僕を見るとゆっくりと近づき「ゴータ君、今日、『敦煌』もう閉まっちゃうの？」と軽く微笑み首を右に傾けた。黒いノースリーブ、タイト気味のワンピース、そして完璧なショートカット。突然の展開に僕は声のトーンとヴォリュームがいつもより上がってしまった。まるで悪いことをしていたのを親に見つかった子供のように。

「あー！　あの、ケースケさんがラーメン食べに行かないかって」

「え？」

「マイカちゃんも、一緒に行かない？」

僕は矢継ぎ早に言葉を続けた。

「もう店を閉めて、羽根木にある博多のとんこつ食べに行くんだって。俺、誘われたからさ。と言うか、モデルはこんな夜中に行かないかぁ」

「ラーメン行きたい！　一緒に行っていいの？」

マイカは頬を少し膨らませ、嬉しそうな表情を僕に見せた。

「行く？　ちょっと待って！」

なぜかすぐにモリヘーに伝えるよりも、今日はマイカの事情を詳しく知る今までの仲間とは別のルールの中に置いてあげた方がいいような気がした。

## (二十一)「敦煌」にて

結局、マイカとほぼ同時のタイミングで完全に酔っ払った古閑さんがＱｕｅにいたはずのカズロウと共に「敦煌」にやってきたことで、僕ら三人の「なんでんかんでん」行きは未遂に終わった。完全に「ラーメン・モード」に心のスイッチが入っていたはずのケースケさんは残念そうに顔を歪めたが、計画の変更は真夜中の下北沢では毎度のことだ。ケースケさんはカウンターの中から、僕が一度四階にある店まで上げた看板に視線をやり、右の掌を軽くあげて元の歩道へと戻そうとする僕を制した。

ケースケさんに促され、僕はマイカと古閑さんに挟まれる席に座った。ふと見るとさっきまで店にいたはずのカズロウは知らぬ間に誰にも別れの挨拶もせずに帰っていた。古閑さんがコロナ・ビールをオーダーしたので僕もマイカも同じものを頼み三人で乾杯した。ケースケさんがカウンターの向こうから僕に向かって『ソロ・モンク』と書かれた、オレンジ色のアルバム・ジャケットを見せた後でターンテーブルに乗せた。

「この前、早朝に道端で警察が寝てる誰かを起こしてる！　と思ったら古閑さんでしたよ」僕は笑いを殺せないまま言った。自分が何回酔っ払って寝ていても、一度も何にも盗まれたりしない下北沢はいい町だと、古閑さんは腰についたチェーンと長財布をジャラジャラと鳴らしながら熱弁する。ケースケさんが愛に満ちた呆れ顔で笑った。

「古閑君のことを皆が知ってるからだよ、はは」

僕は左隣のマイカに向かって言った。

「俺、最近、遅ればせながらなんだけど『ヴィーナス・ペーター』初めて聴いてさー」

「私、ヴィナペ、高校生の頃からファンだから。『ヴェルヴェット・クラッシュ』の来日公演、原宿クロコダイルから観てるんですよ」

マイカは口角を軽く上げて、黒いノースリーブのワンピースで包まれた美しいふたつの鎖骨にクロスした両手を当てた。

「というかね、マイカちゃんは沖野俊太郎先生のファンなんだよねー」

古関さんが少し皮肉を込めた口調で言った。

「いつも言いますけど、私！　沖野さんだけのファンじゃないですよ！」

何度も繰り返された会話なのだろう。マイカは慣れた様子で古関さんに怒ってみせる。

「いやでもね。沖野君はホンモノだから」

ヴォーカルはクセのある奴の方がいい。しかし、審美眼が確かなフロントマン沖野俊太郎さんとの奇跡的な出会いが古関さんにとってある種の不幸の始まりでもあったと彼は笑う。

「才能ってそういうもんだよね。あいつの作ってきたデモや曲を聴いた時、正直ショックだったもん、あー、俺はニセモノだなって」

「え？」

「それまでやってきたことって取ってつけた感じだったんだよね、『流行もの好き』と言うかさ。例えば、パンクやメタルが好きだったらその感じ、スミスが好きならスミスみたいに。でも沖野君はちゃんと曲が書けた。沖野先生って呼んでたもん、途中から」

古関さんは最初、小山田圭吾さんと沖野俊太郎さんが組んでいた『ビロード』のデモ・テープをもらった時、あまりのクールさに衝撃を受けたという。

「『ビロード』、私、さいっこうに大好きでした！」

マイカが目を輝かせた。

「古閑さん、小山田さんや、小沢さんとは仲良いんですか？」

「小沢君は本当に居合わせたことがあるだけというか。小山田君と会ったのはギターの石田君がそういう界隈に仲間が多くてさ」

「今度のバンド『ジュピター・スマイル』は、沖野さん以外のメンバーは『ヴィナペ』のままなんですか？」

「ドラムが石田君が昔やってたペニー・アーケードの外村公敏さん。地元が同じ熊本で」

「と言うか、地元この辺じゃないんですか？　熊本なんですか？　古閑さん」

「そうそう。皆、色んなとこから集まってきてるけどそれぞれの地元になってるのがいいよね。シモキタは。マイカはこの辺だよね」

「シモキタ大好きですけど。東京以外からここに来た人が羨ましいなって思うこともあります。ゼロからリセット出来るじゃないですか。いろんなことを……」

　僕が寂しげなマイカを見つめていると、古閑さんが思い出したように言った。

「あのさ。俺、レーベルやっててピンと来るか、来ないかのポイントはその人のキャラクターなのよ。当たり前だけど、まずバンドでもアーティストでも相手に『覚えてもらう』ってのが大事なわけだよね」

「はい」

「俺、この名前とキャラクターだからめっちゃ皆から覚えてもらえんのよ。それだけで親に感謝なわけ。昔から皆でいてもなぜか俺ばっかり古閑君、古閑君ってね。同じ雰囲気でそこそこカッコ良くても名前とか顔とか覚えるの大変なわけ。その点、ゴータはいいよ。つまり色んな人が寄ってくる才能、キャッチーさってー大事ってーこと」

次の瞬間、不自然な沈黙がバー「敦煌」を包んだ。ふと右隣の古閑さんを見ると、彼はカウンターに突っ伏していつの間にか眠ってしまっている。ほんの数十秒前まで普通に話していた彼の変わり果てた無防備な姿を見て、僕とマイカとケースケさんは目を見合わせて笑った。そして、無意識に古閑さんの肩を揺らして起こそうとする僕を、ケースケさんが制した。「古閑くんは俺が朝まで様子見るからさ、マイカを家まで送ってやってよ。歩いて十五分くらいだからさ」

「あ、私、ひとりで大丈夫です」マイカは言った。

「明日は命日だろ。帰りな。哲平は俺の友達だったからさ。な、ゴータ頼むわ」

セロニアス・モンクのピアノから、クーリオの〈ギャングスタズ・パラダイス〉へとBGMはいつの間にか変わっていた。サンプリングされループされたスティーヴィーの聴き慣れた旋律が、敦煌のグレーの壁に静かに何度も吸い込まれていった。

ふたりで店を出た後、非常階段を降りる踊り場のベンチにマイカは静かに座り込んだ。そこにはちょうどビルの店舗で働いている人が煙草を吸い、休憩するための小さな赤いべンチが置いてある。彼女は美しいアーモンド型の二重瞼に包まれた瞳を開き、夜空を見つめてため息をつく。「ラーメン、行けなかったね。食べたかったな、本当に」

「今度、行こうよ」

「誘ってくれて嬉しかった。私が事務所に入って仕事を始めてから、なんだか周りとバリアが出来ちゃったみたいで……。すごく変な話なんだけど聞いてくれる？」

「もちろん」

「この前、テレビ見てたんだ。そうしたら皇太子、浩宮さまの若い頃のドキュメンタリー映像みたいな特集が流れてたね。ゴータ君なら知ってると思うけど、殿下、学習院大学行ってたんだけど、音楽部に入ってて」

「担当楽器は、ヴィオラ」

「知ってるよね。一年生は先輩に学習院の学生食堂の池に落とされる慣習が代々あって、っていう話。ビールを一気飲みして、好きな女の子の名前を叫んだ後に落とされる」

「侍従に先輩が『浩宮を落としていいか？』って目配せしたら『どうぞ』って」

「そう。思いっきり突き飛ばされた殿下が最高の笑顔で『ありがとうございます！』って。私、それ見て声上げて泣いちゃって。全然、立場は違うんだけどね」

「俺もその話大好き」

「モリへーさん達から聞いたと思うけど、私が大好きだった三番目のお兄ちゃんと会えなくなってから今日で一年で」

「哲平さん？」

「そう。哲君って呼んでた。哲君は、さっきの話で言えば私をいつだって思いっきり池に落としてくれた人。ふたりで笑い合えた唯一の人だったなって。さっきゴータ君がラーメン誘ってくれた時、ちょっと哲君がいた頃のことを、私、思い出せたんだ」

## （二十二）楽園と刑務所

最高気温が前日から急に六度下がり秋の終わりを感じ始めた十一月十五日夕刻。授業までの待ち時間によく通っていた映画館、早稲田松竹で『ショーシャンクの空に』を観終わり席を立った瞬間のことだ。出口へ向かうサトケンさんと完全に目が合った。このところサトケンさんに関するネガティヴな噂をいくつか聞いていたので正直気まずい。明るい茶色のマッシュルームだったヘアスタイルは黒く短くディップでまとめられ、おでこを見せた新しい印象に変わっている。しかし、改めて見ても相変わらず爽やかな二重瞼の二枚目だ。会釈すると彼も覚悟を決めたのか、優しい表情で微笑んだ。

「俺、弁天町に住んでるからさ。いつか会うかなとは思ってたんだ」

二本立てのもう一本が『スタンド・バイ・ミー』だったので「『スタンド・バイ・ミー』

も観たんですか?」と聞くと、彼は「あれはもう充分でしょ」と人差し指を振って笑う。

「ワクイさんに勧められたんですよ、この映画。なぜか『ゴータ、絶対にビデオじゃなくて次上映したタイミングに映画館で観ろ』って言われて」僕は切り出した。

「うん。いい映画だったなー。今の自分の置かれた状況と重なって身に染みたわ……」

答え方の正解が見つけられず、僕は返事が出来なかった。少し表情を真顔に戻した彼は畳んで持っていたベージュのコートを広げ、羽織りながら僕の目を覗き見る。

「バンドのことと、芽衣子とのこと……、どっちも聞いた?」

僕は慎重にリアクションの種類を選び、比較的淡々とこう返した。

「芽衣子さんと別れたっていうのは聞きました。『マーズ・クライメイト』のことは詳しくわからないんですが、脱退されたんでしたっけ? ドンちゃんとモリヘーが言ってて」

「そうそう。流石に事情通。どちらも正解」

トレンチ・コートに身を包んだサトケンさんは映画館から早稲田通りへ出るとセブンスターに火をつけ、指で左と右を差す。

「僕、さっきまで映画見終わったら『メルシー』行こうかなって思ってたんです」

「おっ、俺もそっち方面。じゃ、ちょっと歩くか」

高田馬場駅を背に早稲田通りと明治通りの交差点まで歩いたタイミングで赤信号。立ち止まった僕が煙草をポケットから取り出すと、サトケンさんは銀色のジッポーライターを素早く取り出してくれてカキーン！　と心地良い音を響かせ火を着けてくれる。カチャッと音を立てて蓋を閉めると同時に、彼は語り出した。

「マークラ。酷いことになっちゃってさ」

デビュー・シングルが深夜のテレビドラマのタイアップ・ソングに選ばれた彼のバンド、マーズ・クライメイト。レーベルは、ヴォーカリストの辰巳さんのルックスと歌唱力だけを評価し、外部プロデューサーにアレンジや全権を委任。レコーディングの結果、元バンドマンのプロデューサーはメンバーの演奏を敏腕セッション・ミュージシャンに差し替えて録音することを提案してきたと言う。当然、ベーシストのサトケンさんを含むバンドの演奏陣は激怒し、全員が離脱することに。

僕は努めて明るい表情で言った。「新しいバンド、始めたりするんですか？」

「もういいよ。充分やったよ」サトケンさんはベースはもう弾かない、壁にでも飾っておく、と頬を歪める。契約金で手に入れたレイク・プラシッド・ブルーのフェンダー・ジャズベースは、結局レコーディング・スタジオで一回しか弾くタイミングがなかったそうだ。自虐的な声色で彼は続けた。

「すっげー、昔に感じるわ。半年前のことなのに。静岡の高校時代から一緒にやってきて、東京来たのにさ。何が悲しいって、結局、最後の話し合いも直接出来てないんだよ」

「そうなんですか？」

「辰巳はいつも皆が困ってたり、追い込まれたり、自分が責任を取らなきゃいけない場面にいない。どこかで偶然かな、と思ってたんだけど違うんだ。毎回逃げてたんだよ」

僕は同意も否定もせず、ただ黙って前を向いて歩いた。彼は続けた。

「俺の演奏者としてのレベルが低いとか、音楽性が合わなくなったとか。なんでもいいから本人から理由が聞きたかった。突然、登場したディレクターとかスタッフとか、マネージャーからなんであいつの言葉が俺に届けられるんだよ。それが一番のガッカリ」

そう言えば、小夏さんと別れる時も辰巳さんは直接話をしないままだったと聞いている。そのことは言葉にしなかった。

「チキンなんだよ。パートナーの本質を見抜けなかった自分のせいだけどね」

もうひとつの話題は芽衣子さんとの関係だ。両者と仲良くしていた後輩の僕からすれば状況がわからないと双方との関わり方が難しい。

「芽衣子との関係も結局、お互いの音楽が安定していればこそでさ」

煙草を吸いながら、ゆっくりと坂道を登り切ると、少し前まで僕が弾き語りをさせてもらっていたロック・バー「ジェリージェフ」が右手に見えてくる。この店にポスターを貼らせてもらったことで、バイトを探していた棚倉千秋さんから電話が掛かってきたのだ。

早稲田通りが下り坂になる頃には最初少しバツが悪そうな様子だったサトケンさんはいつ

ものように饒舌に。日常的に精神のアップダウンが繰り返されるミュージシャン同士の男女が付き合っていくのは非常に難しい、と彼は力説したがそれはプロではない僕にもよくわかる。サトケンさんは言った。

「もしも相撲取りが疲れ果てて家にたどり着いた時、リビングにもうひとつ土俵があったらどうする？　奥さんや彼女がどすこいって真剣勝負でぶつかってくるんだぜ」

「嫌ですね、それは」出来るだけ抑揚をつけずに僕は言った。

「もちろん、それぞれ自分の人生を闘ってるのは男女一緒だけどさ。音楽に限らず『まったく同じ土俵』ってのは辛いよ。実際、芽衣子も大変そうなんだよ、あいつのユニット『フレイヴァー』」

「え？　そうなんですか？　最近、芽衣子さんにも全然お会いしてないです」

残酷な僕は二十代後半のサトケンさんが一世一代のバンドマンとしてのチャンスを逃してしまったことに気がついている。映画終わりに突然会ってすぐに愚痴を重ねるサトケンさんに対する苛立ちがこの時の会話の底にあった。僕はどちらか一方の味方ではない。どこかそれまでと違う、距離を保った返答になるのは仕方がない。

「ゴータ、おまえ、嫌な奴だな。もう俺と真正面で向き合ってない」

サトケンさんは、右手で挟んだセブンスターを深く吸い込んで、スーッと煙を吐き出して力なく笑った。

「それくらいの気の強さがないとダメ、勝てない。上手く行った奴は皆そんな感じだよ」

自らに言い聞かせるように呟いたサトケンさんの言葉が、並んで歩く十一月の学生街に落ちてゆく。サトケンさんの苦悩を受け止める度量は今の僕にはない。早くひとりになりたかった。

「俺は今、さっきの映画の中で観た刑務所に入ったアンディみたいな気持ちなんだ。しばらくずっと楽園にいた分、今、辛く苦しい牢屋の中みたいな毎日でさ。それがずっと続くと思うと気が狂いそうになる。こんな絶望感からいつ脱獄できるのか、そんな風に思って映画を観てたよ。何聴いたって、何を観たって自分に重ね合わせて毎回傷ついてさ」

早稲田駅で別れた後、すべての根本は彼のベーシストとしての実力不足に端を発している、そのことにサトケンさんは気がついているのだろうか？　と思った。何もかもが誰かのせい、言い訳に思えてしまう自分がそこにいた。かつて仰ぎみたはずの先輩を冷たく遮断できる自分の心に驚いてしまう。

ひとりで「メルシー」のもやしそばを心ここにあらずの状態で食べ終える。財布には大抵、八百円ほどしか入っていない。お金が無くなれば何枚かCDを中古屋に売りに行って現金を手に入れる毎日。自分も『ショーシャンクの空に』の主人公アンディやサトケンさんのように、もしもプロになれなければ「刑務所行き」であることは同じなのだ。

店を出て完全に陽が落ちた空を見上げた瞬間、無性にワクイさんに会いたくなった。今見てきたばかりの『ショーシャンクの空に』の感動を、バイト時代のような純粋な心で彼に伝えて共に分かち合いたかった。

## (二十三) 相棒

九五年十一月二十五日土曜日、夕刻。

僕は、タワーレコード新宿東口店の試聴機前にいた。大展開されていたのは、サニーデイ・サービスが発売したばかりのシングルEP〈恋におちたら〉。知り合いや先輩たちのCDがレコードショップに並んでいたとしても驚くことはなくなったが、四月のファースト・アルバム《若者たち》、そして夏のシングル〈青春狂走曲〉と続く名作ラッシュで新世代の旗手としての地位を確立したサニーデイのプッシュのされ方は特別だった。

この年の春、下北沢という竜宮城のような町に僕が足を踏み入れてからというもの、サニーデイを巡る一部メディアとマニアの熱狂は加速度を上げていた。ただし、エレグラや、ピールアウト、そして「メンター」ワクイさんを中心とするスターワゴンを支持していた僕は「下北沢ギターポップ・シーン」を飛び越え巨大化する「曽我部恵一」の才能にまで心酔してしまうのはあまりにも調子が良すぎる気がして勝手に一歩引いていた。

秋、サニーデイ・サービスは翌九六年二月に《東京》と名付けられて発売されることになるセカンド・アルバムのため、平塚のフリースタジオ湘南でレコーディングに打ち込んでいた。東京出身で身につけるものも趣味がよく優しい先輩たちが多かった下北沢で、曽我部さんは珍しくそのビッグマウスで他者への闘志を剝き出しにし、情熱を胸に乱反射させる純然たる姿勢で音楽に対峙していた。僕は無意識に自分の心と身を守るため、圧倒的な存在の引力に飲み込まれまいとストップをかけていたのだと思う。世話になっている先輩達の肩を持つフリをしながら。

しかし、ニュー・シングル〈恋におちたら〉のディスプレイをタワーレコード新宿東口店で見つけた瞬間、時は来たと感じた。ヘッドフォンをかけ、ヴォリュームを最大にしてパッケージを手に取り、ディスクの数字を入念に確かめた上でスタート・ボタンを遂に押す。田中貴さんが奏でるベースの「A」音の繰り返し。シンプルかつ独特の間を放つ丸山晴茂さんのビートが重なってゆく。最終局面、曽我部さんが奏でる一度パッツンとつっかえたアコースティック・ギターのフレーズでアウトロが終わる頃には、その圧倒的な音世界に僕は膝をついてしまうほど心をえぐられていた。この人は凄い……。少なくとも自分がプロになるまでは、もう絶対にサニーデイは聴かない。近づいてはいけない。曽我部さんはわずか一年足らずで自分を取り巻く世界を変えようとしていた。

一月十七日の阪神・淡路大震災と、オウム真理教による地下鉄サリン事件と彼らが起こした騒動の余波。九五年はそれまで安心安全、絶対とされた価値観がことごとく揺らぐ、自分だけでなく日本にとっても激動の年だった。

スポーツ界にも既成概念を打ち破る大きな変化が訪れている。所属した近鉄バファローズの鈴木啓示監督から「あいつのメジャー挑戦は人生最大のマスターベーション」などと暴言を吐かれた野茂英雄投手が、新天地であるロサンゼルス・ドジャーズへ移籍。日本人ふたり目のメジャーリーガーとなった彼は、オールスターゲームに初選出され先発投手を務めたほか、ナショナル・リーグの新人王にも選ばれ、「ＮＯＭＯ ＭＡＮＩＡ」なる流行語が生まれるほどの大活躍を果たす。球団、体制側の肩を持ち一時期野茂投手を孤立させたはずのマスコミは、あっという間に掌を返した。

前年に登録名を「鈴木一朗」からカタカナ名前に変更した自分と同い年のイチロー選手が二十一歳にして「首位打者」「最多安打」「打点王」「盗塁王」「最高出塁率」、驚異の「打者五冠王」を獲得したのもこの年のことだ。阪神・淡路大震災で大きな被害を受けた本拠地・神戸のために「がんばろうＫＯＢＥ」というスローガンを打ち出した仰木彬監督率いるオリックス・ブルーウェーブはリーグ優勝を果たす。

後二日で、二十二歳の誕生日を迎える僕自身を巡る状況も夏の初めからは随分変化していた。まずは、人生で初めてバンドらしき形態が遂に組めたこと。ドンちゃんに誘ってもらった十月二十八日、Ｑｕｅでの「ノーナ・リーヴス」初ライヴは成功に終わり、ドラムに誘った大学の音楽サークルの同期、小松シゲルが本腰を入れる決心を固めてくれたのだ。

ピールアウトの岡崎さんからもらった「妥協しないで、ともかく今まで自分が出会った中で一番こいつしかいないと思えるメンバー、まず誘ってみなよ」という助言。そこで頭に最初に浮かんだのが三年半前の九二年四月、京都から上京してきた僕が大学入学後、音楽サークルを探すためキャンパスをうろうろしている時、初めて声をかけた男。百八十センチの長身で背筋がシュッと伸びた同級生、小松シゲルだった。

ローリング・ストーンズやスライ＆ザ・ファミリー・ストーンが好きだ、長野県飯山市出身のドラマーだと新人勧誘アンケートに記入していた彼に、歩きながら話を聞いてみるとはじめて行ったコンサートは、八七年七月九日に長野に来たａ－ｈａらしい。ａ－ｈａが大好きな僕が興味津々で感想を聞くと「結局、最初と最後に〈テイク・オン・ミー〉やった時だけ皆異様に大盛り上がりだったよ」と彼は笑った。加えて、実家の自分の部屋の壁にはヒューイ・ルイス＆ザ・ニュースのアルバム《スポーツ》のポスターが貼ってあるという。いきなり意気投合し、思わず感動して握手してしまったが、初対面なのに妙に熱い僕のテンションに彼は若干引いていた。
剣道をやっていて長野県警に推薦されたこともあるスポーツマン。無類の面倒臭がりで、夏はヘインズの三十枚パックの白Tシャツの新品を一枚ずつ着て、三十日分まとめて洗濯するような豪快な男。入学以来、彼の確かなドラマーとしてのスキルに惚れ込んだ僕は自分のバンドに加入を懇願していたが、学年を重ねるほどに複数のバンドを掛け持ちするようになっていた小松に断られ続け最終学年を迎えている。バンドを組みたいが組めない僕と反比例するように、ドラマーとして忙しくなっていった小松はずっとスタジオに入り、ずっとライヴをし、その費用を稼ぐためにずっとバイトをしていた。

下北沢のギターポップ・シーンには華やかで素晴らしいドラマーは沢山いたが、小松のようにロック、ソウル、ファンクのスタイルを縦横無尽に叩ける柔軟なドラマーは見つけられなかった。僕にとってタイミングが良かったのは、ちょうど彼がそれまで組んでいたメイン・バンド「ハラショーズ」が夏に解散していたことだ。僕が下北沢に入り浸っている半年間に、それまで歌、ギター、作詞作曲担当の谷口尚久、ベースの千ヶ崎学、ギターの奥田健介らと共にサークル同期の中で最も精力的に活動し、才能に満ちたメンバー同士で結束しているように見えたバンドが、ヴォーカル谷口の就職と、彼自身のソロ転向の意志もあり活動を停止していたのだ。「小松を誘うなら、今しかない」、そう思った。

一年前、第二学生会館一階のラウンジで、ボロボロのソファーにだらだらと居座っていたある時、小松が「卒論のテーマが何も思いつかない」と呟いた。何気なく「キミ、ボサノヴァとかサンバとか、好きなんでしょ。だったらブラジルの音楽とか、南米の音楽について書けば?」と僕が言うと「お、いいじゃん」と即採用して、彼は本当にそれで卒論を書いてしまう。彼は自分にとってどうでも良いことに対しては異常なまでに呑気だが、プロのセッション・ドラマーになりたいという夢に関しては誰よりも真剣で頑固だった。

意を決した僕は早朝に彼が深夜バイトを続けていたファミリーマート夏目坂店まで、アメリカン・スタイルの原付HONDA JAZZに乗って向かい、しばらく様子を見ながら黙って雑誌を立ち読み。背中を向けて時が来るのを静かに待った。彼の勤務時間が終わろうとする頃、思い切って声をかけると、突然レジまで妙な関西弁の客が来たと思った小松は後退りする勢いで驚く。サークル活動終了から半年、一度も顔を出さなかった僕が久々に目の前に現れた理由を知りたがる彼を早稲田駅前のマクドナルドに誘った。

マクドナルドで小松に下北沢ギターポップ・シーンの盛り上がりと自分の置かれた現状を伝える。「気に入ったなら自分のバンドでドラムを叩いて欲しい」と〈自由の小鳥〉のデモを聴かせた。数ヶ月前に、バイト先の先輩、棚倉さんに聴かせたのとほぼ同じシチュエーション。僕が愛用している「DAT・ウォークマン」はこの朝もキュルキュルと静かな音を立てながら、実直に作動してくれた。小松は目を閉じてデモ・テープを聴いている。曲が終わると、小松はゆっくりとヘッドフォンを外して、言った。

「今までゴータが作ってきた曲と全然違うじゃん……。曲のクオリティが今までとまったく違う。俺、やるわ」

僕にとって本丸、バンドにとって最も大切なパートである「ドラム」の小松シゲルが一大決心をして協力を約束してくれた。僕のソロ・プロジェクトとしてスタートさせざるを得なかったノーナ・リーヴスはこの瞬間から軌道に乗る。

## （二十四）ゴールドラッシュ

犬を飼った経験のない自分でも「ドッグ・イヤー」という言葉だけは聞いたことがある。確か、大型犬の一年は人間の約七年だから、五歳だと人間に換算すると実際は三十五歳だとか、そういう話。それで言えば、下北沢に来た九五年の春からの僕は、ひと月に何歳分も経験を重ね、視野を広げて犬のように急速に成長したように思う。ただし、それは僕ひとりだけに起こった事態ではなく、熱狂と野望の渦に飲み込まれていったこの街のギターバンドすべてに降り注いだ「下北ゴールドラッシュ」のおかげだった。「金脈」が、下北沢のそこかしこに転がっている。ここでいう「金脈」とはまさに、プロのミュージシャンになる夢を叶えるために、あらゆる都市から殺到してきたバンドマン達のことだ。九五年の下北沢には、修羅場をくぐり抜け絶好のタイミングを迎えていたベテランもいたが、未熟であれ若い者にも相応のチャンスは転がっていた。いやむしろ、若ければ若いほど将来性と自由度は増してくる分、有利。僕は自分の価値に気づきはじめている。

小松シゲルの参加表明、そしてそれまでに力を貸してくれていた大学のサークルの後輩ふたり、ベーシストの小山晃一、ギタリストの師岡忍も加えてデモ・テープをレコーディングするなど数ヶ月が過ぎた頃には、ほのかなる「バンド感」も漂いはじめてゆく。忍と共作したアイズレー・ブラザーズ・テイストの〈フリーキー〉の他、〈ナンバーナイン・オブ・マイ・ライフ〉〈サイドカー〉と徐々にオリジナル楽曲も増え始めた秋の終わり、どこか編集者的才覚もある小松がふと僕に言った。

「このバンド、奥田、誘った方がいいよ」

「奥田⁉」

「ゴータにないものが奥田にはあるし、奥田にないものがゴータにはある。今のゴータの曲、ポップだしメロもいいけど、アレンジやコードの深みが奥田が来ると増すはずだから。それに俺らのまわりに奥田しかいないでしょ、ソウルもロックも出来るギタリスト」

僕は心底、その提案に驚いた。あの奥田健介が自分のバンドに加入するという予測が出来なかったからだ。サークルへの登場直後から規格外のその音楽的才能が誰からも認められていた一学年下の天才。滋賀県膳所高校出身。『ムーミン』で言えば、たまに登場して颯爽と去ってゆくスナフキンのようにクールな奥田の「九〇年代的」スタンスは、僕のような陽気な「八〇年代的」熱血漢とは水と油だと思い込み、組み合わせを考えてもみなかった。ギタリストというだけでなく、彼は自在にキーボードも弾きこなすことが出来た。そして何より「耳」が良かった。果たして、参加してくれるだろうか。不安な気持ちを抱きながら彼にデモ・テープを持っていくと即座に反応があった。

「バンドで、俺のやるべきことが見える」

僕は歓喜した。その後、彼は自在にメロディを紡ぐソングライターとしての才能も開花させてゆくが、この時点ではまだ主にヴォーカリストが打ち出すファースト・アイディアに対して色付けする「参謀」的役割にその身を置いていた。急増ゆえの歪みはありつつも最強のチームが完成しつつある。

九五年。気怠く輝く風がイングランド北西部の都市マンチェスターから吹いてきて、真夜中の下北沢をまるっと包みこんだ。人生の前半でどん底を経験した遅咲きの兄ノエルが生み出した財宝のような名曲のストックと、若さを無鉄砲に撒き散らすヴォーカリスト、弟リアムの圧倒的カリスマ。労働者階級の英雄オアシスは秋にリリースしたセカンド・アルバム《モーニング・グローリー》の大ヒットによって「ブリット・ポップ」界の頂点に立つ。それは、デビューからわずか二年足らずのスピードだった。

九四年四月にリリースしたサード・アルバム《パークライフ》で、それまで「ブリット・ポップ」の王者の座についていたのが、中産階級出身のブラー。ロンドン大学ゴールドスミス・カレッジ出身のデーモン・アルバーン、グレアム・コクソン、アレックス・ジェームスの三人と、コルチェスター市役所でコンピュータ・プログラマーとして働いていたドラマー、デイヴ・ロウントゥリーによる四人組。デーモンが放つインテリジェンスに満ちたシニカルでポップな歌詞と、グレアムの志向するローファイ・サウンド。ダンス・ミュージックのエッセンスも取り入れた捻りの効いたバンド・サウンドには僕も夢中になった。ただし、突如ロックシーンの最前線に登場したギャラガー兄弟は、不遜な態度でことあるごとにブラーをコキおろすようになる。メディアや音楽ファンは、両バンドの対立を面白がり煽った。そんなオアシス、ブラーの対立を軸にこの時期は〈コモン・ピープル〉で社会現象を巻き起こしたパルプの他、レディオヘッド、ザ・シャーラタンズ、ザ・ヴァーヴ、スーパーグラス、ブー・ラドリーズ、ノーザン・アップロアー、オーシャン・カラー・シーンなど「ブリット・ポップ」バンドの人気が爆発。ＣＤも飛ぶように売れ、数多くのバンドが来日した。

日本でもJUDY AND MARY、シャ乱Q、Mr. Children、スピッツなど個性的なロック・バンドが放つヒット曲がお茶の間にまで充満したことで、下北沢のライヴハウスにはあらゆるメジャー・レコード会社のディレクターやスカウトマンが集まるようになった。「下北ゴールドラッシュ」とは、まさにその状態を指している。例えばキャパシティ二百人強のＱｕｅを満員に出来るバンドであれば、レーベルからすれば磨き売り出すべき「黄金」。この街に来る前の自分に比べると嘘のようにきらめく景色がそこにあった。そして何よりも、オーディエンス！　十代や二十代前半のバンド・サウンドに熱狂する女の子達が全国から集結していた。まるで東京暮らしかのように下北沢でよく見る顔の彼女達の中には深夜バスなどで地方の実家と行き来する者も少なくはなかった。

すべてのミュージシャンの目前に巨大なルーレットが置かれている。ただし、チャンスは何度も来ない。事務所やマネージャーやレーベル、選ぶカードを一つでも間違えれば転落する運命にあることを誰もが知っている。僕もまだまだ紙一重。

九六年三月に大学を卒業した僕はバイトを始める。吉祥寺駅そばの「コパンコパン」というイタリア料理店で、皿洗いとウェイターのバイトに誘われたのだ。そこで僕は自分の無能さを知ることになる。イタリア料理店は細かい食事のメニューとお酒の種類が膨大にあり、次々にテーブルに呼ばれオーダーされるのだが、注意散漫な僕は必ず何かを抜け落としてしまう。オーダー・ミスを連発してシェフに怒鳴られることが日常茶飯事。お客さんが帰るときは店員揃って「ありがとうございました！」と大声で口々に挨拶するのがルールだったが、よっぽど心の奥底で帰りたかったのか僕だけ皿を洗いながら「失礼しまーす！」とひとり大声で叫んでしまったり。次第に先輩たちからの叱咤は同情のような声色に変わっていった。

毎晩片付けを終え、終電ギリギリで吉祥寺駅まで猛ダッシュ。住んでいた高円寺駅までの総武線を待つそのホームで、あまりにも自分の置かれた状況がどん詰まりに思え、苦し紛れに鼻歌で歌ったメロディは、後に我々のセカンド・アルバム《クイックリー》に収録される〈アンダーグラウンド〉という楽曲となる。

山下達郎マニアで数千枚のレコードを所有するシェフ、ヤスオさんを筆頭に、皆スタッフはプライベートでも優しかったし、まかない料理は本当に美味しかったのだが自分の居場所はここではない。夏が来る前にバイトは辞めた。ちなみにヤスオさんは僕がバイトを辞めてすぐ独立し、下北沢に「南欧食堂 Pavarotti」という自分の店を構える。この時、Ｍａｃを使ったデザインの腕を買われ、看板のパバロッティのイラストとメニューのデザインを彼は僕に仕事として依頼してくれた。その後次第にヤスオさんとは疎遠になってしまったが出会った当時、彼は四十代前半。バイクの後ろに乗せてくれてふたりで一緒に新店舗予定地を見に行ったことを思い出す。長年の夢をまさに叶えようとする姿を若造の僕に見せるヤスオさんは誇らしげで本当に嬉しそうだった。

この時期、混沌としたレースから、素早く一抜けたバンドがいる。男女混成ロックバンド「ヴィニール」。最初に彼らのライヴを観た時、溢れる客の熱狂と楽曲クオリティ、カラフルで捻じ曲がった新世代バンド特有の絶対的自信に満ちた存在感に圧倒されてしまった。僕よりも一歳、二歳下のメンバーで構成されていたが、それ以上の感覚の若さがそこにあった。翌年「pre-school」と名前を変えた彼らは、怒濤の快進撃を果たしてゆく。

いつの間にかワクイさんのそばにまとわりつくのをやめ、行動を共にしなくなっているうちに、スターワゴンとメジャー・レーベル、ポリスターとの契約が成立したという噂を耳にする。しかし、僕はもう自分の道を進むことに精一杯。夢を現実にするためのそれぞれの闘いの季節が始まっていた。

# 第4章

# End Of A Century

九六年・夏――九九年・夏

## （二十五）八月のバーベキュー・パーティー

九六年八月十日土曜日夕刻。

数日前に公表された国民的人気俳優・渥美清の訃報。ワイドショーやニュースは彼が長きにわたって主演を務めた『男はつらいよ』の名シーンで覆い尽くされた。年号は平成に変わってからすでに八年も経過していたが、多くのコメンテーターが示し合わせたかのように「これで完全に『昭和』が終わった」と繰り返している。僕自身も新宿・靖国通り沿い、松竹会館一階にあるレーザーディスク店「松竹ビデオハウス」でのバイトがきっかけで「寅さん」に心酔し全作品を観たひとり。大きな喪失感を味わった。

この夜、勢いに乗る下北沢ギターポップ・シーンを彩るバンドマンたちが集うバーベキュー・パーティーが、井の頭公園の中にある大盛寺で開かれることになっていた。午後四時頃、ヘッドフォンでジョージ・マイケルの新曲〈ファストラヴ〉を聴きながら、自宅マンション「ロイヤルハイム高円寺」から出た僕は、水色の「純情商店街」のアーチを抜けて北口ロータリーへ。中央線で吉祥寺駅まで向かう前に、駅前の「牛丼太郎」で二百五十円の激安牛丼を注文する。バーベキューに赴く前に牛丼を食べた理由の一つは「お腹を極限まで空かせてパーティー会場に行くのはクールではない」という開高健がエッセイに書いていたルールの実践。しかし生卵を丼に投入し、かき混ぜて食べる快楽を一度知ると、「牛丼太郎」を素通りするのは損をしたような気さえしてしまう。コーヒー一杯よりも安い牛丼は機材やレコード、CDに全財産を投入したかった僕にとってのまさにソウルフード。側《はた》から見れば自動的に店に吸い込まれていくその姿は中毒患者のように思えたかもしれない。

大学を卒業して半年。「二十四歳の誕生日を迎える九七年十一月二十七日までに必ず音楽で生計を立てる」という自分に課したリミットは刻一刻と近づいている。

東中野から高円寺に引っ越して丸一年の日々が経っていた。今や僕はこの町、高円寺を心から愛しきっている。ラーメンなら鶏ガラと煮干しスープのシンプルな「太陽」や、狭くて汚いが癖になる「タンタン」。南口の焼き鳥屋「大将」をはじめとする充実した居酒屋。立ち並ぶ古本屋と、ヨーロピアン・パパなどの中古レコード店。不気味なホラーやカルト的な映画を豊富に揃えた「オーヴィス」を筆頭に、アンダーグラウンドなソウルやファンク、音楽物を扱うレンタル・ビデオ・ショップも深夜まで開いていて、吟味するのも至福の時。高円寺には僕が必要とするもののすべてがあった。

高円寺への引っ越しの際は、同世代の友人で唯一自分の車を持っていたスターワゴンのベーシスト、林ムネマサに頼むと快く手伝ってくれた。彼は、普段2ドアのBMW 318に乗っていたが、実家のレガシィ・ツーリングワゴンを出してくれ、そのおかげで業者に頼まず荷物を新居に運びこむことができた。二段ベッドは大型ゴミで捨てることに。新しい部屋で常に行う僕特有の「最初にマイケル・ジャクソンの〈ロック・ウィズ・ユー〉を聴く」という儀式を彼に宣言すると、大笑いしながらも一緒に参加してくれた。

林君は僕と同じ「お寺の息子」だった。彼は天台宗、僕は浄土真宗と宗派は違えども勝手にシンパシーを感じている。しかし、このバーベキュー・パーティーの夜、彼の実家である大盛寺を初めて訪れた僕は由緒正しさとスケールの大きさに腰を抜かした。

「えー！　これ？　今、目に見えてる全部？」

出迎えに来てくれた林君は、よくある反応なのか驚く僕に向かって首を縦に軽く振る。

「君の家、まるで『たけし城』やん！」

神田川の水源である井の頭池には朱塗りの弁天堂がある。祀られる弁財天とは、元々インドのヒンドゥー教の水の神「サラスヴァティー」のことだ。川や水の醸し出すサウンドが「音楽」「言葉の流れ」を想起させると、歌舞伎役者や芸能人からも長きにわたって信仰されてきた。言い伝えでは平安時代中期の天慶年間に源経基が創建し、源頼朝が再建したというが……。

兎にも角にも、大盛寺に足を一歩踏み入れ、広大な敷地を誇る歴史的寺院の跡取りが林ムネマサ、その人なのだと知ると、これまで目にしてきた吉祥寺の景色や概念がガラリと変わる。林君があまりの人気に争奪戦が巻き起こり「エアマックス狩り」なる現象まで起きているナイキのハイテクスニーカー「エアマックス95」を履き、汚れも恐れず余裕でフットサルに興じている謎までもが一瞬で解けたものだ。

彼に導かれ、バーベキューの用意を始めようとしている広大な中庭に進むと、志賀芽衣子さんの姿が見えた。自分を含むバンドマンすべてが仲間との交流よりも個々のバンド活動、未来を切り開くことを選んだ時期だ。それぞれがインディーやメジャー・レーベルと契約し本格的な活動を始めると、他者と共有できない「秘密」も増える。その意味で今夜のバーベキュー大会は、久々に友人達が大集合して呑み語らう同窓会的な趣もあった。メジャー・レーベルからポップ・ユニット「フレイヴァー」のシンガーとしてデビューすることが内定していた芽衣子さんが、気まずそうに口を開く。

「ゴータ君、あのね、あんなに言ってたデビューの話……、なくなっちゃった。私」

「え？」遠くで仲間達が楽しげに缶ビールを掲げ、乾杯する声が聞こえてくる。

「『フレイヴァー』も解散しちゃってさ」

「え……。去年、最後に会った時、四ヶ月連続シングル・リリースが五ヶ月になったからまた曲増やさないと、って言ってたじゃないですか」

「そう。パリも候補地に増やすから、頑張って曲作れってディレクターに言われて」

「それも全部約束破られたってことですか?」

彼女のグループには、元々ディレクターから四枚連続シングルを用意して大々的にデビューする計画が持ちかけられていた。僕はそのディレクターと酒の席で何度か一緒になったこともあったが、いくつもの有名アーティストを担当に抱えた彼の自信満々の口ぶりを思い返せば、約束がひとつも果たされなかったという事実がにわかに信じられない。最初の四枚はそれぞれ、世界の各都市、ニューヨーク、ロンドン、イスタンブール、リオでミュージック・ビデオを撮影する予定で、準備に時間がかかるから待つようにと芽衣子さんは再三伝えられていたのだ。時間を引き延ばすためにもう一曲などと宿題を出して、結局逃げて放り出したのなら酷過ぎる。

「曲作ってた石原君、潔く裏方になるって」

芽衣子さんは言った。彼女と婚約していたベーシストのサトケンさんはプロ・デビュー目前にバンドを脱退、その後ふたりの関係が終わったことも僕は知っている。「あんた達、そこで何話してんの? 肉焼き始めるよー!」とモリへーの呼ぶ声が聴こえる。

「全部、なくなっちゃった……」

　僕は去年春のQueでの出会いから、何度もデビューまでのプランを周囲に尋ねられた芽衣子さんが嬉しそうに、誇らしそうに、話していた表情と情景を思い出し、かける言葉を失った。二十歳で声を掛けられた彼女にはオーディション、育成からの五年は余りにも貴重な時間。厳しい契約に縛られ、他のレーベルや事務所からの誘いや挑戦を断り続けたことでただ時間だけが過ぎている。美しく、ヴォーカルも魅力的な彼女ならもっともっとチャンスも方法もあっただろうに……。最初出会った時、明るい茶色のショートカットだった彼女の髪は随分伸びている。何より大手スポーツ・クラブの経営者を父に持ち、お嬢様育ちの芽衣子さんにとってここまで周囲に憐れまれることそのものが人生初めての大きな挫折なのかもしれない。

　慰めの答えを探して口籠る僕に向かって、遠くからカズロウの大きな声がした。正直、助かった、と僕は思った。

## (二十六) 新しいバンド

「久しぶりー！」

横でマイカが手を振っている。僕の周囲でこの一年、最も状況が変わったのは、カズロウとマイカの関係性に違いない。去年の今頃「なんでんかんでん」にラーメンを食べに行こうとケースケさんに誘われたけれど、未遂に終わった暑い夜。バー「敦煌」の非常階段、踊り場のベンチに並んで彼女と話したことが遠い昔に思える。

あの後、ふたりで階段を降りると思い詰めた顔をしたカズロウが僕らを待っていた。勘の鈍い僕はまったく気がついてはいなかったが、カズロウは長い間マイカが好きで、告白するタイミングを見計らっていたのだ。

いつも調子がよく強気なキャラクターのカズロウだったが、ふたりの交友関係があまりにも濃厚にクロスしているためにもしもマイカに断られた場合の気まずさを思うと勇気がなかなか出なかったそうだ。加えて、和菓子屋を継ぐよう両親から懇願されていたカズロウが将来の自分を思い描いた時、芸能界で前途を嘱望されていたマイカと付き合うことにハードルを感じた、とも。

マイカはカズロウの告白を意外に素直に受け入れ、ふたりは恋人同士に。心境の変化からか、芸能活動に元々乗り気でなかった彼女は所属していた事務所を秋にあっけなく退所してしまう。マイカは元々の夢だったという英語教師になるべく勉強を重ねながらすんなりと「さくら庵」で働き始め、今や看板娘に。決意を固めたカズロウも美容室「ＳＨＩＭＡ」を辞めていた。

すぐそばまで歩み寄ったカズロウが周囲を一度見廻してから僕に向かって、小さな声で「スターワゴンのこと知ってる?」と訊いた。僕はその質問と表情だけで、ある程度の答えが予測出来てしまった。

「解散したらしいよ。今日、今から俺も林君に確かめる」

視線の遠くでは、缶ビールを空に掲げた今夜の主人公・林ムネマサがショートカット・ミッフィー!やエレグラのメンバー達と共に、今まさに酒盛りを始めようとしていた。ドンちゃんと、モリヘーが乾杯に参加を促すように缶ビールを抱えて近づいてくる。急ぐようにカズロウが語った次の展開は僕にとって青天の霹靂だった。

「それでさ、上条兄弟と林君で、新しいバンド始めるらしいのよ」

「ワクイさん以外の三人で?」

「そう」

「で、ヴォーカルは?」

「林君」

「え……?」

スターワゴンが解散し、ヴォーカルとギター担当のワクイさん以外の三人が新バンドペンパルズを結成した事実を、僕はこの夜初めて知った。

カズロウが出合い頭に不意に告げたスターワゴン解散のニュースは、僕の心を掻きむしる。確かにポリスターと契約した彼らが六月にリリースしたメジャー・デビュー・ＥＰ《ラ・ラ・ウー・ラ・デイ》は、メイン・ソングライターであるワクイさんのある種の暴走、ワンマン・バンド化が激しい作品だった。時折不穏な空気が漂いつつも上昇気流の中で団結していた前作までと違い、明らかに彼と他のメンバーのテンションの違いが一定の距離を置いた僕にも伝わってくるほどに。

最大の変化は、これまで頑なに英語詞に拘っていたはずのワクイさんが突然日本語詞にトライしたことだ。日本語詞になると圧倒的にヴォーカリストとしてのアイデンティティと、フロントマンとしての「実力」が露わになりバンドのカラーが大きく変わる。日本語で作詞をし、歌い、固有のパーソナリティを認めさせた上で音楽的完成度を保つのは、限られた者にしか許されない特殊技能なのだ。

スターワゴンだけでなく、少し前までの下北沢インディー・ギターバンド界隈では英語で歌うことが流行していた。ワクイさんも、ことあるごとに日本人が英語で歌うことは全然おかしくない、世界中どこでも自国語ではなく、英語で歌って愛されているバンドやアーティストは沢山いる、と繰り返していた。そのワクイさんが一年後、メンバーの反対を押し切ってまで日本語詞に舵を切ったのはなぜだろうか。ワクイさんは僕にとって憧れの存在で、その儚《はかな》い香りのする歌声が大好きだったが、あくまでも彼の本質はギターやベースなど弦楽器プレイヤーとしてのパーソナリティにあった。英語の方が少しくぐもった彼の声には「合っていた」ように思う。

僕が思い出したのは、機材車でふたりきりになった時に「これからは、ファンや支持者はもちろん、バンドのメンバーからも嫌われるかもしれない」と彼が未来を予見するような発言をしていたことだ。今にして思えば音楽性の急激な変化と歌詞の言語変更を決意していたからこその言葉だったのだろう。そしてその行動はバンドの分裂に繋がった。

ワクイさん自身の「歌手」としての理想と現実の間に生まれる様々なジレンマが、今に至るバンドのメンバーに対する不機嫌の理由のようにも思えてくる。それほどまでして日本語に歌詞を変え、新機軸を打ち出したはずの《ラ・ラ・ウー・ラ・デイ》だったが、聴いてみるとヴォーカルのミックスが異様に小さく埋もれていることにも僕は驚いた。

輝いていたスターワゴンの歯車はいつの日か分解され、散らばってしまっている。

僕はまだ林ムネマサのヴォーカルを聴いたことがない。彼がフロントマンになる想像がつかない。傍目からはメンバーに見捨てられたように見えるバンド解散のことをワクイさんはなんて言うだろうか。プライドの高い人だ。「せいせいしたよ」と後輩の僕には強がって笑うに違いない。

僕はこのパーティーの傍観者のような気分に陥る。アイスボックスで冷やされた缶ビールを右手に持った僕は、噎《む》せ返る八月の景色の中で楽しそうにはしゃぐバンド仲間や先輩達を静かに眺めていた。ショートカット・ミッフィー！のドラマー、セイちゃんが酔っ払って花火を持って走っている。周りが笑いながら「危ねーよ！」と口々に注意し、女子達も楽しげな悲鳴を上げた。若く見える彼は社会人なのだという。昼間は会社で働き生計を立て、バンドも続けているというタイプのミュージシャンも多かった。


少し驚いたのはマーズ・クライメイトのヴォーカリスト辰巳洋さんもこのバーベキュー・パーティーに参加して楽しげに談笑していたことだ。マークラはデビューの際に辰巳さん以外のメンバーが全員脱退している。メンバーの演奏技術に納得がいかなかった彼がプロデューサーやディレクターと相談してレコーディングの際に腕利きセッション・マンを起用したのが騒動の発端だった。辰巳さんは僕の名前も顔も覚えてはいないだろうと思っていたら、歩み寄り声をかけてくれる。

「サトケンと会ったんでしょ。今、さっきモリヘーから聞いたよ」目尻に皺を寄せて微笑む彼は魅力的だ。腕にはＲＯＬＥＸの黒いサブマリーナー、キース・リチャーズがはめている骸骨のリングを缶ビールを持つ人差し指につけている。ケースケさんと同じものだ。

「半年くらい前ですけど、サトケンさんと映画館で偶然会ってちょっと話しました」

「昔からの仲間、全員から嫌われるってのも意外と気分いいもんだよ。芸術のためなら鬼になれる自分に酔えるし」彼はひとりごとのようなテンションで呟く。「音楽を一番に考えてるのは俺だけだった。ただそれだけのことだから。全員がプロになれるほど甘いもんじゃないしね」

「僕もそう思いますよ。それぞれがミュージシャンとしてジャッジされるべきですし、他のバンドで成功する可能性だってあるわけですし」と冷静に返すと、その答えが意外だったのか辰巳さんはウィンクして「いいじゃんー。乾杯！」と軽く缶を持ち上げた。

「本当はもっと話したいんだけどさ、元カノが後でここに来ちゃうみたいだから」彼は言った。僕が黙っているとため息混じりに「小夏、知ってるだろ？」と続ける。

「はい。今日、来られるんですね。僕も会うの久しぶりです」

「今日は別のとこ飲みに行くわ。またな、ゆっくり今度話そう」

辰巳さんは颯爽と背中を向け、パーティーから去っていった。

## （二十七）モラトリアムの終わりに

ふと目をやると新バンドを組むという林ムネマサと上条兄弟が、心が晴れたような表情で楽しそうに語らっている。バンドが「恋愛」だとすればスターワゴンに関して言えば明らかにフラれたのは、彼なりの高みを目指して孤軍奮闘していたワクイさんの方だ。僕はそのワクイさんのいない輪の中に入っていけなかった。

この一年半で自分を巡る状況も大きく変わっている。ノーナ・リーヴスはインディーズから年末に初めてのCD《サイドカー》をリリースするためレコーディングを続けていた。急激に自分が「竜宮城」だと思っていた下北沢の夢の玉手箱が開いたような気がしてくる。目の前ではしゃぐバンドマン達が、遠い蜃気楼の影に少しずつ隠れてゆく。ただし、変わったのは彼らではなく、明らかに僕自身だった。少し離れた場所でベンチに座って缶ビールを飲んでいると、ショートカットを変わらず美しく保ったマイカが微笑みながら僕の方に向かってきた。

「久しぶりだね」

「いつ以来かなー、俺が『さくら庵』に行って、みたらし団子を焼いてくれたの、あれそれこそ桜の季節だったような」

「ゴータ君……。私さ、カズロウと結婚することになった」

「え！　おめでとう！　ってことは、お店継ぐってこと？」

「うん。と言うより、赤ちゃん出来たんだ、ふたりの」

「えー!?」

「だから今日も私、呑んでないよ。カズロウから聞いたら、赤ちゃんのことは驚いてあげてね。まだ誰にも言ってないから」

自分の同世代の友達が結婚し、友人の間に子供が生まれるのは初めてだったので思いのほかたじろいでしまった。マイカによると、来年一月下旬に出産予定だという。カズロウの両親は、予想通り諸手を挙げて喜んだようだ。

「私たちが住む家も、買ってくれてさ」

「そうなん?」

「でも私ね。その時は泣いちゃった」

適切な相槌が見つからず、僕は黙ってしまった。

「桜新町のね、一階が店舗に出来る、すごくいい家なのよ。でも、私には物件を選ぶ権利もなくてね。悪気はないんだけどね。いいお父さんとお母さんなんだ。家なんて普通は買ってもらうもんじゃないから。でも自分の未来は自分で選びたかった、私。いつもなぜかこうなるのよ。贅沢な話って思われるのもわかる。でも、またこの感じになっちゃったって涙が止まらなくて」

「うん、まぁ、そうだよね。マイカのお父さんは?」

「怒ってたよ、早過ぎるって。私のこと好きでもないくせに」

「そんなことはないでしょ」

「酷い人だから。言ったっけ。私、小学校二年生の時にお母さんが家出して。離婚届を置いたまま行方不明になって。そもそもは、お父さんの浮気が原因なんだよ」

「亡くなったお兄さんが優しくしてくれたんだよね、確か」

「一年もしないうちに、浮気の相手、母がいなくなった原因を作った父の新しい恋人がウチに来てね。暮らし始めて何したと思う、最初に。家族のアルバムからお母さんの写真を切り抜いたのよ」

マイカは、少し口角を上にあげ、微笑むようにして続けた。

「そんな家に戻りたいと誰が思う？　それで何年か前もね、ふとしたことでその時ボロボロにされた写真を見つけちゃった私が泣いてたら、哲君がね、バイクの後ろに乗せてくれて。黙って新宿までドライヴしてくれた。お母さんも、哲君もいないから、今は。マネー・ロンダリングって言葉あるでしょ？　私の場合はファミリー・ロンダリングなのかな。新しい家族が出来ること自体はとっても嬉しいんだよ。カズロウの家族はあったかいから。ウチとは全然違う」

「英語の先生になりたくて、勉強してたんでしょ」

「それは子供がある程度成長した後、また頑張ろうかなって。うん。去年までは毎日、夜、皆と下北で踊ったり遊んだりしてたのにね。急に自由な時代が終わっちゃうなんてほんと信じられない」

　僕らを見つけたカズロウが、サントリーの発泡酒ホップスをゆっくり上に掲げながらニコニコと近づいてきた。マイカは「じゃあね、またね。ケースケさんの店、皆で行こうね」と言って女友達の渦の中に消えた。

「マイカ、なんか言ってた？」

「ん？　キミらが結婚するって。おめでとう」

「それだけじゃなくてさ……、俺さ……、親父になんのよ」

「えーーー！！！」

　どれくらいのレベルで驚くのが適切か分からないので、僕は異様なヴォリュームで声を上げてしまった。

「ここだけの話だよ。まじで俺の人生、あー、終わったよー、二十一だぜ」

　カズロウは将来的にもちろん結婚をして子供は欲しいのだが、自分に自信がない、未来に心配しかないと天を仰いでいる。

「前、ゴータ君にも言ったことあると思うんだけどさ。オヤジが桜新町で土地見つけて。俺のために勝手に家建てて。下が店舗に出来るようにした家、あれ結局完成しちゃってさ、今そこに住んでる。そこで新しい店やるかも。前、俺に言ったアイディア覚えてる？」

「なんだっけ」

「美容院みたいなおしゃれな内装にしてブルーベリーとかマンゴー包んだ饅頭売ればどう？　ってゴータ君が言ったんだよ！　俺、その呪縛が頭から離れなくてさ。マジでやってみようかと思ってる」

「いいと思うよ」

「名前つけてよ、店の」

「え？　俺が？」

「そう。今日頼もうと思ってたのよ、会えるの知ってたから。昔から、ネーミング・センスあるじゃない？」

「わかった。カート・コバーンとジョン・レノンが好きなんだよね、カズロウ」

「だね」

「じゃ、『今陣』。イマジン。今の、陣内孝則さんの陣。和でも洋でも行ける感じ」

「即答するねー。『今陣』。めっちゃテキトー！」

ふたりで久しぶりに顔を見合わせて僕らは笑った。

「シンプルなのがいいのよ。店の名前は。それにニルヴァーナの歌詞やタイトルで飲食店の名前になりそうなのあんまり無さそうだし」

「確かに、いいね。『今陣』。いい意味でしょうもない。ありがとう。使わせてもらうわ。

ブルーベリー団子、今試行錯誤してるから。完成したら食べてよ」

「もちろん」

「マイカは馬鹿にしてるけど。絶対無理だって。でもさ」

カズロウが何かを言いかけてやめた。

「何？　気になるわ」

「小夏ちゃんさ、今日も来るみたいだけど。あの子、霊とか見えるって言ってたじゃない。彼女にこの前、ブルーベリー団子の話したらさ。『絶対上手くいく。諦めない方がいい』って言ってくれてさ。『未来が見える』って」


季節が変わるごとに、急速に周りの景色が変わってゆく。二十歳を超えてしばらくすると学生時代のモラトリアムは終わり、それぞれが自分の道を進まなければならない。僕は、これからどうなるのだろう。まずは、今年インディーズで発売するCD。才気溢れるギタリスト奥田健介の加入以降、五人編成となったバンドは確実に更なる上昇気流に乗り始めている。僕が作っていったシンプルなデモは、メンバー達によって肉付けされ芳醇な作品として完成度が見違えるほど上がっていた。

奥田はギターのみならず、鍵盤も自在に弾きこなした。一度聴いた楽曲をすぐにギターでもキーボードでも再現出来るその才能に改めて僕は驚く。エレクトリック・ピアノにフエンダー・ローズとウーリッツアーなど種類があり響きが違うことなどは、実際に奥田がスタジオで実機を使ってレコーディングし、聴き比べることで身についた知識。アルバム制作はオープンリールのテープを使って行われたが、僕らメンバー全員にとっては初めてで新鮮な体験ばかり。しかし、有能な仲間達が集結しプロになるという夢が近づくと同時に僕の中に確実な心境の変化も現れてきた。音楽を聴くことが「楽しい」という感情だけでは済まされなくなってしまったのだ。

雑誌を開けば知り合いが出ている。日常をエスケイプするために生み出したはずの桃源郷に邪念が混ざり込む。一緒に走り出した全員が失敗するのなら諦めもつく。しかし、現実は違う。仲間達の中には十代の頃に立てた計画を実現して現実世界を夢で塗り替えてくる者もいる。嫉妬……。

女子達が選曲しているCDラジカセから、YEN TOWN BAND〈Swallowtail Butterfly ～あいのうた～〉が流れてきた。小林武史プロデュース、CHARAの歌う文句のつけようのない切なく美しいメロディのバラードだ。ただ、こんな完璧な名曲を聴いてもジェラシーが邪魔をして認めたくない自分に気づいてしまい背筋が寒くなる。去年までは、こんな恐怖はなかったのに。出会った時から変わらない美しさを放つ志賀芽衣子さんの寂しげな表情が遠くに見える。珍しくヴィンテージ的な色落ちジーンズと黒いサンダル的なヒールを合わせた彼女のコーディネイトはスタイルの良さを際立てているが、その瞳の色はほのかに暗い。芽衣子さんはどんな想いでこの曲を聴いているのだろう。

インディーズとは言えCDがショップで売られるとなると、古今東西すべての音楽家はライバルとなる。僕は幼い頃から愛し抜いてきた「音楽」が純粋に聴けなくなる日が来た事実が怖かった。自分はプロになれなかった場合、適度な距離感を保てる人間ではない。冷静なる精神を保てない。夢が実現しなければ、音楽からどこまでも耳を塞いで逃げるしかない。子供の頃に親しんだ「ヘンゼルとグレーテル」という童話で、森の中に兄妹が入る時、帰り道がわかるようにとポケットに入れた小石を落とした日は夜道で光り道標になった。しかし、二度目にパンくずを少しずつ落とした日には、鳥に食べられてしまい彼らが彷徨ってしまうエピソードがある。僕も同じだ。もう戻れはしないエリアまで来てしまった恐怖。選択肢は残されていなかった。

### (二十八) リリース!

九六年十二月十三日金曜日夕刻。

師走。クリスマス・シーズン真っ只中の渋谷に降り立つと、スクランブル交差点から見上げた電飾の街そのものがまるでミュージカルの舞台かのように煌めいていた。人混みがエキストラとするならば、今、僕は初めて「東京」というステージの主役になった、そんな気分を全身で感じている。遂に我々にとって悲願の初オリジナル・アルバム《サイドカー》が全国発売される日がやってきたのだ。そして今夜、タワーレコード渋谷店で「レコ発（レコード発売）イベント・ライヴ」が行われる。

黄色と赤のカラーリング、聳え立つタワレコ渋谷店を仰ぎ見たのも束の間。関係者として裏口から初めて通される。その瞬間、前日より五度も最高気温を下げたビル風が吹き抜け、僕は身震いをした。

このビルの中に所狭しと並べられたレコードやCDを物色しては財布の中身と相談し、何枚かを大切に持って帰って貪るように聴いていた昨日までの自分。今日をもってリスナーとしての自分が終わり音楽家としての歴史の一歩が始まるのだ。売り場に足を運べば、自分がデザインし工場でパッケージされたCDがビニールで美しく包まれ陳列されている。店員さんが手書きで作ってくれたポップまで……。今回、背表紙の帯をつけず、洋盤のようにステッカーを前面につけるアイディアは「棚に入れた時に見にくくなる」と周囲に反対されたが強行した。今の自分は、何に対しても異常なまでに頑なだ。俺は特別なんだと心に言い聞かせる間に自分自身も暗示にかかっている。

アルバムのレコーディングは八月から三ヶ月半、発売ギリギリまで続けられ、インディーズにしては異例となる三百万円という制作費がかかった。実際、スタジオに入るだけでもレンタル費、エンジニアへの支払い、食費などを含めて安く抑えて七、八万円。全体をグロスにして安くしてもらったにしても三十回スタジオに入ればそれに近くなる。最終工程となるマスタリングは、東京CDセンターで二度やり直してもらった。ただ単に贅沢を重ねたわけではない。白金台の東京都庭園美術館の向かい側にあるスタジオ「ファーストステップ」は、トイレに鳥の巣があるような老朽化した狭いスタジオ。オープンリールの16トラック・テープでの録音は、キラキラしたメジャーな「九〇年代J-POP」にしたくなかった「ローファイ」志向の自分たちにとっては願ったり叶ったりで、試行錯誤をメンバー五人全員で楽しんだ。何より僕が追い求めていたのは、スタジオで作品作りに没頭するこの時間だった。こういう作業を繰り返して生きていきたい。ただし、現役で大学を卒業していた自分以外の四人はまだ学生。当然、バイトや授業との両立があり、録音すべてに立ち会っていたのは僕ひとり。まだ全員が音楽だけで生活が出来るという夢には程遠い。

ワクイさんとバイト先で出会ってから丸二年の日々が経過していた。彼がCDをリリースしていると知った時、僕自身が受けた衝撃を今や懐かしく思い出す。

「プリンスの《パレード》みたいなアルバムが作ってみたいです。自分が心から満足出来るアルバムが出来るなら死んでもいいと本当に思ってます」

「いや、死ななくていいでしょ。出来るよ、もちろんクオリティはそれぞれかもだけど、アルバム作るなんて必ず出来る」

ノーナ・リーヴスの《サイドカー》は、プリンスの《パレード》を自分なりに意識したトータル・アルバムで自信作だった。しかし「死んでもいい」などとは到底思えない。それぞれの両親からの仕送りを含めたモラトリアムの中でこそ達成された、ふわふわとした状況が数年で終わることを僕は知っている。


「レコ発イベント・ライヴ」は「SUPER BUTTER DOG（スーパーバタードッグ）」との対バン形式だった。バタードッグのヴォーカル、ギターは永積タカシ君。ちょうど一歳年下の七四年十一月二十七日生まれ。松下幸之助さん、小室哲哉さん、ジミ・ヘンドリックスと同じ誕生日だよねという会話を楽屋で交わす。永積君が通っていた自由の森学園高等学校には僕の女友達、栗原真子も通っていた。僕らのイベントに来ては、いつも趣味の写真を撮ってくれていた真子からバタードッグの噂を以前から聞いている。この日も楽屋に訪れた真子は永積君の顔を見ると嬉しそうに僕に話した。

「永積君が校庭で歌い出すと皆が、『永積君が歌ってるよー！』ってクラスに言いにきてね。それで一杯生徒が集まって弾き語りを聴いてたくらい、自森（自由の森学園）の大スターだったんだよ」

バンドの中で一際目立っていたのがキーボードのひょうきんな男。曲が終わると静かにギターのチューニングをする永積君を差し置いて、アフロヘアでインパクトのある鍵盤奏者の「池ちゃん」がトークを引っ張りその場を沸かせた。

彼らはパーラメントやファンカデリック直系の「本物のファンク・バンド」。その上で、パーソナルな永積君の弾き語りを軸とする抒情的でフォーキーな魅力も兼ね備えていた。それに対し、僕はイギリスで八〇年代に生まれたいわゆる「ブルー・アイド・ソウル」グループの方に心酔していた。「青い瞳」、つまり白人による「黒人音楽」という「偽物だからゆえの憧れを換骨奪胎した素晴らしさ」を自分でも体現したい。マニア臭を持つブロウ・モンキーズやスタイル・カウンシル、シンプリー・レッド、スクリッティ・ポリッティだけでなく、カルチャー・クラブ、ワム！、ティアーズ・フォー・フィアーズなど「アイドル」視されていた「ＭＴＶバンド」達が放つ世界観。後者を真剣に追い求めてきたのは広い東京でも自分だけなような気がしてならない。今年リリースされたシングルで僕が最も愛したのは、マイケル・ジャクソンの二枚組アルバム《HIStory：Past, Present and Future, Book 1》からの〈ゼイ・ドント・ケア・アバウト・アス〉だったが、周囲に誰ひとり同じレベルでの共感者はいなかった。ただし、そのある種の時代錯誤、通常の視点との絶対的な乖離、ズレこそが自分の武器だと僕は信じている。

イベントには、多くの友人たちも足を運んでくれた。終了後、パーテーションで分けられた臨時の僕らの楽屋には人が訪れ、ごった返す。大学のサークル、トラベリング・ライトの後輩たちの集団に紛れて、いつも見かける背が高い女の子が今日もいた。

早稲田大学第二学生会館の一階のラウンジ、隣のサークル「MMT（モダン・ミュージック・トゥループ）」に所属していた二学年下の後輩、土岐麻子。日本を代表するサックス奏者、土岐英史の愛娘。彼女が隣のサークルに入部した瞬間から、山下達郎や吉田美奈子など日本のポップ・ミュージックを愛する先輩が大騒ぎしていたことを思い出す。新バンド始動以来、ほぼすべての現場に足を運んでくれる彼女は、ある意味最初の「おっかけ」のような存在。心強い援軍だ。ライヴを終え楽屋でパイプ椅子に座る僕に、土岐さんはニコッと微笑みながら声をかけてくれる。数年前、土岐さんは早稲田の文学部キャンパスの学生食堂でバイトをしていた。客として通った僕が、カツカレーを頼むとルーの量を少しずつ多くしていてくれたことを仲良くなってから教えてくれたのには笑ってしまった。

すぐ後ろから、カズロウとお腹が大きくなったマイカが顔を見せた。夏のバーベキュー大会以来に顔を見せたマイカの頬は興奮で紅潮している。「ゴータ君！　すごい良かったよ。ずっと言ってたもんね！　CD出すなんて！　夢を叶えてすごいよ！」

「って言うか、めちゃくちゃお腹大きい！　いつだっけ？　生まれるの」

隣のカズロウが、はにかみながら答えた。

「一月。一月二十六日が予定日」

「うわ！　アンドリュー・リッジリーと同じやん。ワム！の！」

カズロウが「そんなこと言うのゴータ君以外誰もいない」と笑った。

次の瞬間、白髪混じりの胡麻塩坊主頭、東條英機のような丸い眼鏡をかけ、黒いコートを着たお洒落で小柄な五十代の男性が慣れた様子で顔を見せた。

「あー、ゴータ君。お疲れさまー、良かったよー」

彼の名は渡辺忠孝。ワーナーミュージック・ジャパンのディレクター。僕らをメジャー・レーベルにスカウトしてきた彼は、兄の筒美京平とともにC－C－Bの数々のヒット曲を手掛け、フィッシュマンズとも仕事をしたというベテランだった。

## （二十九）マリッジ・ブルー

少年時代から強迫観念のように自分を蝕み続けていた「仲間と組んだバンドでCDをリ

リースする」という夢と「プロのミュージシャンになる」という夢が、どうやら同じようで違うことに僕はようやく気がつき始めていた。ほんの少し前までは「まずCDさえ出せればいい」と、それが叶えば死んでもいいなどと心から思っていたはずなのに。「今」は一瞬で過去になり、未来しか残らない。二十三歳の僕には、続いてゆく明日の連なりのすべてが仰ぎ見ても頭頂部の見えない果てしなく巨大な石像のように思えた。

CDが売れに売れている時代。インディーズ・アーティストはメジャー・レーベルによる青田買いの格好の的だ。ライヴハウスには、ディレクターやスカウトが名刺をばらまきに訪れる。彼らレコードマンは海千山千のギャンブラー。美味しい話をバンドマンやアーティストに酒の席で持ちかけたとして、それが確実に実行されるわけではない。一寸先は闇。せっかく組んだバンドを守るためには、鎧のような自惚れやエゴも必要。わがまま、不遜な態度で離れてゆく程度の関係ならばそれまでと自分に言い聞かせ様々な交渉に挑んだ。誰とどのタイミングで出会うのか。運こそが実力でもある。

九六年末にノーナ・リーヴス最初のCD《サイドカー》がリリースされ、タワーレコードのインディーズ・チャートで首位を記録。様々な店舗のバイヤーからも絶賛のコメントが届きはじめる。自分の人生の中で訪れた最も大きなお祭り騒ぎの中で、勝負の年、九七年が到来する。音楽の道を目指した友人の中にどんどん結果を出す者も増えてきた。中でも驚いたのが大学で同じクラスだった小柄な女子、朝日美穂がリットーミュージックが主催する「AXIAアーティストオーディション」で優秀賞、サウンド&レコーディング賞を獲得し、ミニ・アルバム《Apeiron》をリリースしたことだ。噂によれば彼女はSONYとの契約も決まりメジャー・デビューが約束されているという。アナログ7インチ・シングルとしてもリカットされた〈メルト・イン・ブルー〉を、白と紺のボーダーシャツを着た彼女からプレゼントされた僕は度肝を抜かれる。

「G・ラヴ的というか、ベン・フォールズ・ファイヴというか、ベック的というか……。ともかく今っぽいローファイでザラついたサウンドに、朝日ちゃんのピアノとオリジナルのヴォーカルが乗ってて。めちゃくちゃカッコ良かった……。あれ？　でも朝日ちゃん、教育実習行ってたよね？　確か」

「そうそう、六月に、ふふ。本当に先生になるつもりだったから。でも、帰ってきたら高橋健太郎さんから連絡が来てね」

「音楽評論家の？」

「うん、健太郎さんがプロデューサーなんだ。インディー盤がちゃんと作れるって、それだけでも嬉しいじゃない？　そうしたら、メジャーも決まっちゃってというか」

　九七年五月。「キリンジ」という不思議な名前のグループと出会う。CDのスタートボタンを押して流れた〈風を撃て〉。そのあまりにも高い楽曲クオリティと、美しく凜とした声の響き、クレジットに記された堀込泰行という名前を見て、僕はやわらかいため息をついた。彼こそは僕が九三年から一方的に追いかけてきた「ライバル」だったからだ。

当時、バンドが組めず、ドラマーを探していた僕がようやく見つけたのが同じ学部に通う同級生、小林克己。高田馬場駅前の松屋でバイトをしていた色黒で整った顔立ちをした彼に、僕はバンド加入を懇願する。携帯電話など持っていない時代。バイト先に顔を出すのが一番手っ取り早いのだが、向こうからしたら逃げ場はない。松屋に通い詰めるたびに、牛焼肉定食を食べて帰る僕の執念に根負けした彼はこう言った。

「俺、高校時代の友達と組んでいるバンドがあって。空いた時間でいい？　それなら」

僕は狂喜する。克己は当時昭島市に住んでいて、電車が無くなると僕の東中野のマンションに泊まりに来ることがあった。そんなある夜、彼がふとこんなことを言う。

「最近、もうひとつのバンドのヴォーカルがデモテープくれたんだ。聴いてみる？」

「え？　めっちゃ興味ある」

僕は動揺して答えた。ドラマー小林克己をソングライターとして共有している自分にとって競争相手の曲。〈村の酒場〉と奇妙なタイトルが書かれたカセットテープをおもむろに克己から受け取った僕は、デッキに滑り込ませてスタートボタンを押す。三分後……。ソロになったレノン＝マッカートニーを改めて日本で融合したようなメロディラインと遊び心、何よりその歌声の素晴らしさにひれ伏し一瞬で彼のファンになってしまった自分がそこにいた。東京という街の広さ、深さをこれほど感じたことはそれまでない。よくこんな凄いシンガーとドラマーを奪い合おうなどと思ったものだ。こんな近くに天才がいるならば、どれほどの天才がこの街には蠢《うごめ》いているのかと気が遠くなる。小林克己の高校時代からの友人で〈村の酒場〉なる楽曲を歌う男の名は、堀込泰行……。

僕が下北沢に向かった間に、克己と堀込君とのバンドは解散したと聞いていた。しかし、なんと堀込君は実の兄・高樹さんと「キリンジ」を結成。あまりにも素晴らしい作品群を武器に音楽マニアを震撼させ始めていたのだ。堀込君とはその後互いにメジャー・デビューを決めたレーベル、ワーナーミュージック・ジャパンで再会することとなる。

九七年春。突如として曲が作れなくなった。

最初のCDを年末に発売し、周囲は今の勢いのまま即座にメジャー・デビューすべきだと熱気に包まれている。レーベルのディレクターやスタッフもライヴに訪れ、二社が同時に手を挙げている状態。ひとつのレコード会社からは英詞を日本語にすること、そしてレコーディングの経験豊富な優れたプロデューサーをつけることが契約条件として提示され僕やメンバーを困惑させる。ただ、後々振り返ってみると言葉の変更に関してはもちろん、我々がリリースした最初のアルバムは老朽化したリハーサル・スタジオを使った録音。改善すべきだというアドバイスは至極当然だと思う。

「有能なプロデューサーをつける」というアイディアに関しては「自分達のアイデンティティを守りたい」などと徹底的に拒否をしたのだが、ギャンブルに勝ち続けている時期は頑なに己のピュアネスを信じることしか出来ない。まるで親戚にお見合い結婚を強制されているようで「いい人を紹介するから会わないか」と大人達に持ちかけられるたびに疑心暗鬼になり逃げることの繰り返し。これまで自分の境遇的に熱く褒められたりプランを提示されたりすることはなかったので戸惑っていた。ただし、それも致し方がない。二年前までは誰ひとり自分に興味がないのが前提の音楽活動だったのだから。

マリッジ・ブルー。

自分の結婚式の会場や、新婚旅行の行き先が自分の意思以外の多数決で決められたり誰かの意見で捻じ曲げられたとしたら耐えられないはずだ。あんなにバンドを組みたいと毎晩祈っていたのに、あんなにデビューしたいと思っていたのに。周囲から急に褒められ、様々なアイディアが持ち込まれ始めると、これまで反骨心によって心の奥底からとめどなく生まれてきていた肝心の楽曲、メロディや言葉が思いつかなくなった。

ワーナーミュージック・ジャパンのディレクターで、僕らをメジャー・レーベルにスカウトした渡辺忠孝さんは五十代半ばの大ベテラン。ザ・スパイダース、ザ・テンプターズといったGSサウンドに始まり、フラワー・トラベリン・バンド、C-C-B、そしてフィッシュマンズとも関わってきたという海千山千の彼にとっては僕の若さゆえの葛藤も微笑ましかったようだ。渋谷桜丘の焼き鳥屋で彼はこう言った。

「今、アメリカのチャートで一位になってるハンソンの〈キラメキ☆MMMBOP〉好きなんだよねー。あのドラムの子、日本だと小学五年生だって。元気で可愛くてさー！」

忠孝さんは、僕らもジャクソン・ファイヴ的な楽曲を作るべきだと主張した。

「この前ライヴで見た新曲の〈モーターマン〉めちゃくちゃ良かったよ。あーいう曲、ノーナでもっと作ってよ」

この時、僕の心の奥にひとつだけ、自分が急に曲が作れなくなった根本的な理由がひとつ浮かんでいた。その道を選ぶのは苦しい。自分も周囲も一時的に大きく傷つくが、原因から逃れても同じことを繰り返す、もしくは先送りするだけ。

ワクイさんが機材車の中で二年前に放った「時に、身近な仲間からも忌み嫌われなければならない」という助言を思い出す。夢を現実に変えてゆくその過程で、彼の言葉の重みを苦味と共に僕は全身で味わっている。

## （三十）不思議な夢

自ら東條英機に似ているんだと笑いをとる坊主頭に丸眼鏡の渡辺さんが明るい声で曲が出来なくなった理由を尋ねる。僕はビールジョッキを左手で軽く持ち上げながら、最近、初めての印税が入ったこと、作詞分は自分が、作曲分はメンバーで五分割したこと、結果二十五万円が口座に振り込まれたと告げた。

「嬉しくてギブソンのＪ－50先月買って」

「ＪＴね。いいよね」

「そうなんです、ジェイムス・テイラーに憧れて。ただ実は最近ずっと曲が書けなくて悩んでたんですけどアコギ買ったら作れることは作れちゃって」

僕はハンソンのアッパーな感じと似ても似つかないアコースティックでデモテープみたいな地味な楽曲ばかりが心地良く感じてしまうのだ、と彼に言った。

「でもあと二ヶ月でインディーでもう一枚アルバム作るんでしょ」

そもそも、バンドやソロ・アーティストにとってのファースト・アルバムとは、それぞれがティーンの頃から思い描いた夢や願いを純粋に結集させ、溜まりに溜まった特別な果汁を思う存分絞り切ったような作品なのだ。しかし、二枚目以降は一度絞り切ったその状態から、さらに周囲の期待を超え、そして何より自分自身を納得させる作品を作りあげなければならない。僕はアメリカ暮らしも長い忠孝さんに、彼が一番好きな音楽やアーティストは誰なのかと訊いてみた。

「僕はねー……。『ヒット曲』が好き！　今はだからハンソンが好き、新しいのが好き」

これがプロの世界なのだ。まだアマチュアな僕は、多くの人が関わることで自分の大切な何かが汚されていくような想いを消すことができない。そして、もっと根源的な問題は僕があれほどまでに憧れていた「バンド」という形態自体にも少しずつ疑問を感じ始めていたことだ。少なくとも「今の五人のまま」では、このまま何年も同じ想いで突き進んでいくことは出来ない。


この日の夜、僕は不思議な夢を見る。登場人物は出会った頃の僕とワクイさんだ。鮮やかな水色のTシャツを着てホワイト・ジーンズをはいたワクイさんは顔を覆うような長い髭を鼻下、頬、顎に無造作に生やしている。

「ビーチ・ボーイズのメンバー、ブライアン・ウィルソンの弟ふたりの名前はわかるよね」

僕は元気良く答える。「はい、ルックスが良くてグループのセックス・シンボル、ドラムのデニスと、声が天使みたいに綺麗なカールですよね？」

「ビーチ・ボーイズ好き？」

「好きです。そんなに詳しくはないんですが。中学一年生の頃、二枚組のベスト盤を手に入れて。レコード屋さんでたくさん買うとスタンプカードが貯まるシステムがあって、それでゲットしたんですよ。当時、ＬＰってだいたい二千八百円だったじゃないですか」

「そうだったね」

「そのお店、ポイント貯めると三千円までのＬＰがもらえるんです。その差額二百円が、僕はもったいないな、と。それで、八六年の冬に新たにリリースされた《メイド・イン・Ｕ・Ｓ・Ａ》って、いうベスト盤を選んだんですよ。それなら四千円で、千円プラスすれば、損はないじゃないですか」

髭を右手の親指と人差し指で撫でながらワクイさんは静かに笑った。

「あれ、二十五周年の記念盤なんだよ。意外にいい選曲だよね」

「結果的に。ただオリジナル・アルバムって意味でトータルで聴いたのは割と最近で。《フレンズ》が一番好きです。奥田っていうサークルの後輩が教えてくれたんですけど」

「その彼、よくわかってるね。でも、ゴータ、デニスのソロって聴いたことないでしょ。《パシフィック・オーシャン・ブルー》。それがホントにヤバいから」

「え？　デニスのソロ？　何年頃出たアルバムですか。すぐ聴きます！」

「それが、そんなに簡単に手に入んないんだよなぁ。七七年かな」

夢に登場しているワクイさんのヘアスタイルや髭、ファッションは《パシフィック・オーシャン・ブルー》のLPジャケットに写るデニス・ウィルソンにそっくりだった。

「ビーチ・ボーイズのメンバーでサーフィンを本当にやってたのはデニスだけじゃない？彼の最期は知ってる？」

「泥酔状態で友達のヨットの甲板から海に飛び込んで溺死、でしたっけ？」

「八三年十二月二十八日。年が明けて一月四日、カリフォルニアの沖合に俺は葬られた」

「俺？」

ワクイさんとデニスの顔が完全に重なった瞬間、僕は目覚めた。


九六年秋、僕は京都から高校を中退し上京してきた六歳年下の弟・阿楠《あなん》と暮らすために高円寺のワンルームから学習院下駅そばの新居「アドニス・パセニア」に引っ越す。2DKのマンションの一部屋をスタジオにし、一部屋に弟と布団を敷いて寝る。ダイニングにはテーブルも置けたのでバンドのメンバー達もこれまでより集まりやすくなった。

年が明け春が来て、四月。ドラマー小松シゲルと自宅スタジオでの作業を終え、僕はこれからバイトに向かうという彼と一緒に高田馬場駅まで歩く。途中、神田川に架かる高戸橋を渡りながら思わずこう呟いていた。

「なぁ……、小松。俺……、もう枯れてしもたわ……」

「え？」

「俺の曲作りの才能は《サイドカー》で枯れ果てたかもしれんー……」

「まだ一枚目じゃん。どうなの、それ。これからどんどん予定あるじゃん、ふふ」

「笑わんといてくれよ。真剣に悩んでんねん。真剣に、悩んでんねん……」

小松は一端足を止めマイルドセブン・ライトに火をつけると、深く吸いこんだ。そのままふたりとも黙って高田馬場駅まで歩き続けると、早稲田通りの道端でやけに元気なホームレスが声を上げメガホンを叩きながら駅前で拾い集めた週刊誌や雑誌を売っている。

「週刊文春、本日発売！　ジャンプもあるよー！　お兄さん達、どう⁉」

普通の書店員よりもエネルギッシュに声がけするその姿に僕らは笑ってしまった。僕は言った。

「普通に本屋で働いても出世するな。あのオッサン」

「あれ、元手ゼロだから結構稼いでるでしょ」小松も笑った。高田馬場駅前の待ち合わせ場所として使われるビルＢＩＧＢＯＸの前は、例年と同じように新入生を集めて騒いでいる大学サークルの若者達でごった返している。一年留年していた小松も春には大学を卒業。僕らは若さのギリギリの淵にいた。東京に上京して来て間もないであろう不安と希望に満ちた十代の新入生たちの姿を眺めながら、ふたりで並んでゆっくりと煙草を吸った。

しばらくしてTBSテレビでのバイト「報道局テレビニュース部・C班」に向かう小松と別れる。二十四時間若者が交代しながら常駐し、臨時ニュースなどが生じた時の混乱に備えるその仕事は、緊急事態が起こらない場合は比較的暇な割に待遇がいいそうだ。バンドマンや劇団員志望の仲間も多くなにやら楽しそうなバイトだった。

僕は三人のメンバーでバンドを続けることを頭に描いていた。ドラマーの小松とギタリストの奥田、そして自分。四十歳までバンドを続ける。そこまで全力で音楽と向き合えたなら、後は野垂れ死んでも構わない。それが今の夢。一枚でもCDが出せたなら、アルバムが作れたなら命を捧げてもいいと思っていたのに勝手なものだ。

予想もつかない悪天候の波の中を航海しなければならない場合、それぞれが個々で自分の命の責任を取らなければいけない。その厳しさは誰にでも平等なはずだ。皆、まだ大学生。伝えるなら今このタイミングしかない。

小松にはまだ僕の想いを告げていない。奥田にも。スターワゴンからワクイさんが「外された」ように僕の提案は却下され、バンドのすべてが破綻する可能性もあった。でもそれならそれで現実を受け入れ、またひとりで再始動するつもりだ。音楽を生み出せなければ意味がない。どんな結果がそこに転がっていようとメンバー全員に直接会って正直に自分の想いを伝える。それだけは心に決めている。

## （三十一）未来が見える人

二年前、美容師見習いとして修業をしていたカズロウは今、結婚し子供も生まれ、和菓子屋を継いでいる。彼から会いに来てほしいと携帯電話が鳴ったのは数日前のこと。その時まだ僕はカズロウの声から醸し出される不穏な空気を微塵も感じていなかった。

桜新町駅すぐそばの「さくら庵」に到着すると、赤ちゃんを背中におんぶしたマイカが軒先でみたらし団子を焼いている。

「あーーー！　ゴーータ君、久しぶりー！　来てくれたの？」

「久しぶりー！　赤ちゃん、あー、可愛いなぁ」

「あーー、嬉しい。お母さんー！　ゴータ君来てくれたよー」

僕は上機嫌のカズロウのお母さんに勧められるまま、焼きたてのみたらし団子とおはぎを食べた。実は子供の頃からあんこがずっと苦手だったのだが、中の餅米がともかく美味しい「さくら庵」のおはぎはすでに大好物になっている。マイカが言った。

「この子ね、哲朗って名前なの。お兄ちゃんから『哲』の字もらったんだ」

「そうか、哲平さんから」

割烹着を着て甲斐甲斐しく働くマイカは、子育てそのものは大変だけど本当に楽しいと笑っている。儚げなムードを漂わせていた下北沢での日々に比べて生命力に満ちていて、女性の変化のスピードに素直に感動してしまう。ただし、彼女の温かく幸せな想いは店に戻ってきて僕に右手を軽く上げたカズロウの思い悩んだ表情でかき消されてゆく。

「よく来てくれたよ……。ちょっとゆっくり外で話してくるわー」

カズロウは両親とマイカに声をかけて、僕に合図をした。みたらし団子が皿にまだ一つ残っていたが、彼の纏う不穏な勢いにつられて慌てて僕は立ち上がった。


カズロウは浮気を告白した。相手はなんと小夏さんだった。霊感があり、見つめられると吸い込まれてしまいそうなほど大きな瞳を持つ彼女の引力は僕もよくわかっている。彼女の右手に並んだオリオン座のような三つの少し大き目のホクロ。数ヶ月前、久しぶりに訪れたバー「敦煌」での再会の後、つい二軒目にハシゴしたカズロウと小夏さんは泥酔。目覚めると代々木で暮らす彼女のタワー・マンションで抱き合っていたと言う。何より結婚して子供がいるのだから、これまでのバンド界隈に「よくある」交錯した恋愛事情とは状況が違っていた。

僕はいつもより猫背になった姿勢で歩くカズロウの少し後ろをただただ彼の進む方向についてゆく。春の夕暮れ。長くなった陽が落ちて暗くなる中、彼は僕に対して懺悔の独白を終えると、黙り込んだ。直接謝罪される立場にない僕は、ただただ静かに唸るしかない。海外留学で出会った仲間などによくあることだが、一時期毎日会い続け、お互いの人生を混ぜてしまった相手とふと一度疎遠になると照れ臭く、必要以上に他人行儀な関係になってしまう。濃密で楽しい瞬間を一時期過ごした小夏さんとも僕はしばらく会っていない。十五分ほど歩くと駒沢公園の広場までたどり着く。照明で照らされたオリンピック塔を見上げるベンチに腰掛け、カズロウに目をやると彼は大粒の涙を流していた。

「最低なのはわかってる。わかってる。まだ哲朗も小さいのに」

ついさっき、割烹着を着て楽しそうに働くマイカの姿を見たばかり。マイカも自分にとって大切な友達のひとり。気づけばカズロウは堰を切ったように唸りながら泣いている。目の前を自転車の後部座席に幼い女の子を乗せた若い母親が走り去ってゆく。僕は、苦し紛れにこんなことを口にしてしまった。

「変なこと言うかもしれないけど。隠しきれないんかな。泥酔した一回だけなんだよね。小夏さん、酒弱いって言うか、記憶失くすって聞いたことあるけど」

カズロウは両手で目を覆った。「小夏ちゃんがさ、この前、店に来たんだよ。普通に微笑んでさ。軒先で団子食べて帰ってったから。自分が悪いんだけど本当怖くて」

カズロウ曰く、彼女は「ブルーベリー団子の計画、必ずうまくいくから絶対に諦めないで」と改めて伝えたかったと言い残し、その場を去ったのだという。

「俺も小夏さんが見えるっていう『未来』について教えてもらったことあるよ」


九六年八月。林ムネマサの自宅、大盛寺でのバーベキュー・パーティー。スターワゴン解散の知らせを聞いてショックを受け、ひとり、端で佇み缶ビールを呑む僕に不意に近づいてきた小夏さんが、遠くではしゃぐ仲間達を眺めながら小さな声でこう言ったのだ。

「あの人達は、今が一番いい人達だから」

驚いた僕が意味を聞き返すと「言葉通りよ。でもあなたは違う。私ね、その人の未来が見えるんだ」と彼女は続ける。「今まで実際に見てきた中で一番凄い守護霊持ってたのは、杉浦君なの」。エレグラのヴォーカル、杉浦英治さんは確かに人を惹きつける引力を持っている。それまで半信半疑だった僕も急に具体例を出されたので身を乗り出し彼女の目を見つめた。

「私だって見たくないよ。いいことないもん。ひとつも。自分の未来は見えないしね」

少し汗ばんだ額、豊かな胸元が見えるグレーのワンピースを着た彼女が、薄くため息をつきながら少しだけ僕の方に腰を寄せる。

「そういうもんなの?」僕は聞いた。

「そういうもの。杉浦君についている守護霊はね。宇宙のパワー」

「え？　凄い」

飄々とした声のトーンと予想外の内容に僕の頬は自然にほころんだ。

「でもゴータ君にはもっと凄いのがついてるよ」

宇宙のパワーより凄いものなどないんじゃないか、と指摘すると彼女は仲間達が騒いでいる姿に細めた目を向け、ズレたワンピースの左肩を少し定位置に戻し、ほのかに頬をゆるめながらこう言ったのだ。

「最初会った時、ゴータ君見て笑ったの覚えてる？　あなたにはあなた自身がもうひとりついてる、そんな人見たことない」

僕の回想話を聞いていたカズロウも深刻な表情を崩して、少し笑った。

「なにそれ。自分が自分の背後霊、守護霊なんてことあるの？」


彼女が言うには、人間は帆船のようなもの。どれだけ強いパワーでも、宇宙のパワーであっても、それが自分自身の進みたい方向とずれた風であれば意味をなさない。ただし、自分自身が守護霊の場合はその風が思うがままに進むのを必ず助けてくれるのだ、と。

僕はその時、彼女の言葉を信じてみよう、と思った。小夏さんと共にいる間、様々なバンドマンが自己最大まで可能性を拡げた理由は、その一種の「コーチング」にあるのかもしれない。カズロウに今する話として適切なのかどうかはわからないが、氷結した空気を何かで僕は埋めたかった。

「カズロウ。小夏さんのそのブルーベリー団子の件だけは信じてもいいんじゃない？」

彼はその言葉には反応しなかった。

少し前まで名門美容室「ＳＨＩＭＡ」で働き、東京の真夜中の自由を完全に謳歌し、好きなレコードを買い、好きな服を着て、好きな靴を履き、好きな店で好きな仲間と呑んで騒いで遊びまくっていたカズロウ。彼は与えられた急激な環境の変化、例えば新居、家族、ほぼ約束された家業など溢れる幸せの中でもがき、溺れてしまっている。


ベンチから立ち上がると僕に向かって頭を下げ、店に帰ってマイカに謝ると言った。出会った頃、あんなにも自信満々だった彼が涙を流している。自分よりも二歳若い彼の犯した過ち。必要以上に責めるつもりもなかったが、妻子持ちの彼の浮気がある程度の身勝手が許された自由な時代の恋愛とは大きく違うこともよくわかっている。ヘッドフォンを首にかけ、髪を明るい茶色に染めたティーンエイジャーがスケートボードをガラガラと転がして目の前を滑り去ってゆく。水色と白、オーバーサイズのスタジアム・ジャンパーを着た少年の背中が暗闇に消えるまでふたりとも何も言わずただただ見つめ続けていた。

一ヶ月後、カズロウとマイカは離婚した。

## （三十二）美しい嫉妬

九九年、初夏。

物心ついてから繰り返し話題にされてきた「ノストラダムスの大予言」では、一九九九年七の月に「恐怖の大王」が訪れ、人類が滅亡すると言われていた。どこか冷笑的な冗談混じりであるにせよ、半年後に必ず到来する「二〇〇〇年問題（Y2K）」、つまりコンピュータの誤作動による大混乱の予想と合わせ、不可思議な熱狂が世界を薄ぼんやりと包んでいる。

六月三十日水曜日。前年、すでに解散していたエレグラの総決算的なベスト・アルバム《ワースト・バンド・イン・ザ・ワールド》がリリースされた。キャリア集大成となるキャッチフレーズのタイトルが「世界最低のバンド」とは、フロントマン杉浦英治さんらしいネーミングだ。彼は数年前からクラブ仕様のプログラミング・ミュージックに興味の重心を移しており、徐々に、そして末期は傍から見ても決定的なまでにロック・バンドというフォーマットへの関心を失っていた。

思い返せば、僕が初めてQueを訪れた九五年の春からすでに四年の日々が過ぎている。

オリジナル・メンバーの丸山晴茂さんが脱退したのち、新しいドラマー角田亮次さんを迎えセカンド・アルバム《SOUND》のレコーディングに四人で邁進していたその時期が、エレグラにとっても、日本の「ギターポップ・シーン」にとっても最も充実していた瞬間だったのかもしれない。ただし、英治さんにとってこの解散はネガティヴな決定ではなかった。新たなる音楽活動形態、DJとしてのプロジェクト「SUGIURUMN」は本格的に始動しており、すでにシングルもリリース済。この年の夏にはファースト・アルバムが同じレーベルMIDIから発売されることが決まっていたのだから。

僕は信奉者だったゆえに英治さんがDJに転身してゆく姿を少し残念な想いで見つめていた。しかし、ベーシストで音楽的イニシアチブを握っていた「オクジャ」こと奥野裕則さんが九六年秋のサード・アルバム《スペース・イズ・ヒア》発売後に脱退してからというもの、儚くも美しかったエレグラのバランスはすでに崩れてしまっている。

時代の流れとシンクロしながら純粋な衝動のままにメタモルフォーゼしてゆく英治さんと違い、奥野さんは昔気質の音楽家だった。睫毛の長い少女漫画の主人公、王子様のようなルックスの英治さんと対照的な、口髭を蓄えた昭和の俳優のように無骨な男前。彼はベース担当という立場に止まることなく作曲家としても優れた作品をバンドに提供、七〇年代の土臭いロックの味わいに満ちた野太い歌声と確かな歌唱力も持っていた。奥野さんが作曲とリード・ヴォーカルを担当し、英治さんが作詞を手がけた〈1939・インターナショナル・ハーヴェスター・スクール・バス〉は、僕にとって永遠のマスターピース。ただし、奥野さんの溢れる才能と一種の懐古趣味はカラフルでひねくれた「九〇年代的」パッケージに包まれたエレグラに求められた音楽性とは少しズレていた。全員がポテンシャルを持つからこそ、誰も悪くないのに座組みが破綻してしまう現実。バンドの消滅は奇跡的な時間を分かち合えた感謝の想いと共に粛々と受け入れるしかない。

すでに四年前の夏、Ｑｕｅでのライヴ後の打ち上げの時点で、英治さんは僕に対して自分の未来を予言するように、オアシスのドラム・サウンドについて熱弁していた。

「あのさ、ゴータ。オアシスのスネア、キック、あのあたりは全部、ワンショットで録音してるらしいのよ」

「ワン・ショット?」

彼曰く、ロンドンでドラマーは通常のようにプレイするのではなく、まずベストの響きを計算した上で「タン!」というスネア・ドラム一発を叩いた音だけを録音しているというのだ。理由は、ドラム・セットを普通のライヴのように同時に叩くとスネア・ドラムのマイクにも他のキック、バス・ドラムやシンバルの音がどうしても入ってしまうから。だからまずスネアだけで録音し、順番にひとつずつの「太鼓」の音を録ってからテープ上の正確な位置に「貼って」ゆくのだという。

「そんな録り方してるんですか？　ロック・バンドなのに？」

「ロンドンのスタジオのエンジニアから聴いたから。今、ほとんどのバンドがそうなのよ。だから変なノイズもないわけ。それをコンピュータでエンジニアがペタペタ貼っていく。わかる？　だから一定のリズムが完璧にループされて踊れる。気持ちいいんだよ」

「え？　じゃ、ドラマー自身のグルーヴとか生の揺れとか関係ないってことですか？　ほぼ打ち込みじゃないですか？」

「そうそう。オアシスがグッとくる秘密はそこにある。メロディはビートルズと似てるって言われてるけどサウンドが全然違うのはそういうこと。クラブで大音量でかかっても合うでしょ。ＢＰＭだけでなくリズムの音質も一定。テクノやハウスと同じ原理だから」


エレグラ解散に伴うベスト・アルバム発売にあたって、発売時にＣＤに貼るステッカー、フライヤーなどへのコメントを依頼された。僕はマスタリング・スタジオにも呼ばれ、その場で久しぶりにメンバーと顔を合わせる。彼らは仲が悪くなって解散したわけではない。明らかに「旬」を過ぎた「九〇年代ギターポップ」という音楽スタイルをそれぞれが卒業し別の道を進む、ただそれだけのこと。バンドのいつもと変わらない明るさに少し構えてスタジオ入りした僕は拍子抜けしてしまったほどだ。この日、エレグラのメンバーはマスタリングの際に僕がアドバイスした曲順変更を「それもそうだね！　さすが！」とすぐに採用してくれた。すでに英治さんの瞳は、その先で鳴らすべきダンス・ミュージックだけを見つめている。

四年の日々は、ほぼすべての登場人物の関係性を変える。僕はプロのミュージシャンになっていた。ダイアナ元妃がパリのトンネル内での交通事故で亡くなる悲劇が世界的ニュースになった九七年夏の終わりにノーナ・リーヴスはワーナーミュージック・ジャパンと契約。この時点で三人編成となった我々は十一月二十五日、メジャー・デビューEPをリリースしている。

五人での活動はインディー・レーベルに残した二枚目のアルバム《クイックリー》を全力で作ることを最後に終えることとなった。それぞれの未来は、誰にもわからない。僕はただひたすらその決断が間違いではなかったと思えるようにミュージシャンとして生きてゆかねばならない。

メジャー・デビューは、学生時代、自分に課したリミット「二十四歳になる前にプロになる」まで、なんとあと二日に迫るタイミングでのこと。十一月二十七日に訪れる誕生日スレスレで、僕は大きな約束を守れたことになる。ただし、追い風に乗ったインディーズ時代と違いメジャーでの活動は思ったようには展開しなかった。端的にいえば色々周囲に注文をつけ、へそを曲げている間に我々は新人のみが与えられるボーナス・チャンスを逃したのだ。レーベル内でのバンドへの期待も徐々に失われてゆく。

この時期のレコーディングでよく覚えているのがともかく三人で連日スタジオに入り、アイディアを試すだけ試して休憩と称して呑気に出前を取り、蕎麦やカツ丼などをたらふく平らげていたこと。たいした成果もないまま籠ってトライ&エラーを繰り返した日々。インディーズ時代は予算が限られた中で三千枚から四千枚のセールスを上げていたこともあり、宣伝や制作費が数倍になるメジャーでの活動で当たり前のように何倍もの売上と認知に到達すると単純に予想していた我々だったが、待っていた現実はまったく違った。むしろ「インディーズ」だからこそ、新鮮だからこそ自分達の音楽を応援してくれていた層の大半はメジャー・デビューを機に離れてゆく。ビーチ・ボーイズ作品の度重なる再発売やビートルズの『アンソロジー』プロジェクト、アンプラグド・ブームなど九〇年代初頭から半ばにかけてのアコースティック・サウンド再評価、ベックやステレオ・ラブなどの「実験的」サウンドをスタジオで再現する楽しみに僕らが夢中になっている間に世の中の空気は大きく変わっていた。

物心ついてから長い間、誰からも認められずコンプレックスの塊のようになっていた僕のエゴは、インディー期の成功とメジャー・デビュー前後のタイミングで最大にまで膨れ上がる。「馬鹿にされていたが、やっぱり俺は正しかった」という認識しかないものだから、誰かに的確なアドバイスをされても聞く耳を持てない。この時期よく言われたのが「日本で売れる、届けるためには何より『歌詞』が重要なんだ」ということ。「『作詞』と『作曲』、どちらが大切かなどという質問はナンセンスだが、もしも絶対に答えなければいけないとすれば『作詞』なのだ」と、ある百戦錬磨のプロデューサーとディレクターに言われた夜、僕は反発した。

「じゃ、なぜ僕はこんなに海外から届くポップ・ミュージックに子供の頃から夢中になれたのですか？　人間は言葉のない時代からリズムを叩き、ダンスをしてきたはずです。もし、そのナンセンスな質問に僕が答えるなら絶対に作曲の方が大切だと思います」

僕は何十年もレコード業界で成功を収め続けてきたそのプロデューサーとディレクターに強く反論した。彼らは目を見合わせて、お手上げだと言うように微笑んだ。

「ゴータ君の言い分はもちろん正しい。でも、やっぱりそれでも言葉が大事なんだ。インディー時代にいくら英語の歌詞で成功を収めていたとしても、長い目で見れば『日本語での作詞』が大きな鍵を握るっていうことは絶対に忘れないでいてほしい」

彼らは諦めに近いため息をついた後、優しく言った。

「いつか、わかるはずだよ」

確かにその通りだった。僕は何年も回り道をして、自分で失敗して傷ついて、自分たちで泥水を飲んでようやく納得した上で彼らのアドバイスしてくれた結論に辿り着くことになる。あの時、言ってもらった通りだった、と……。最初から頭が良く、与えられる最短ルートの助言を聞き実践出来る者もいるだろう。しかし、特にバンドの場合は全員が心と身体で納得しなければひとつの集団として成長し、進み続けることは出来ない。この時期の停滞は後から振り返れば必要だったのかもしれない。

自分の境遇と反比例するように、恐るべき勢いでその影響力を増していたバンドがいた。その名も、ペンパルズ。僕が憧れ心酔した四人組、スターワゴンが九六年夏に解散したのち、ヴォーカル、ギターのワクイさん以外の三人が新たにスタートさせたスリーピース・バンド。渋好みのワクイさんが数多く曲を作っていたスターワゴンと真逆の、若き林ムネマサのカラーを全面に打ち出したパンキッシュに吹っ切れたユーモラスな明るさとシンプルな音楽性が時代の潮流とマッチした。

彼らのシングル〈テル・ミー・ホワイ〉は、アニメ「剣風伝奇ベルセルク」のテーマ曲としてスマッシュ・ヒット。その時点では僕もまだ平常心を保ちながら距離を保ちつつ聴けていたように思う。ただし、九八年十一月にリリースされたペンパルズのセカンド・シングル〈アイ・ウォナ・ノウ〉を高田馬場駅前の老舗レコードショップ「ムトウ楽器店」

の視聴機で聴いた瞬間、林ムネマサの不敵なヴォーカルの存在感とジャケットに映し出された自信と色気、押し寄せるサウンドすべての素晴らしさに僕は脳天を打ち砕かれる。

悦びと悔しさが入り混じる「美しい嫉妬」としか言い表せないこの感情は、人生で何度も味わうことが出来ない究極の体験。歳が近いゆえにどこかライバル視していた林ムネマサにシンガー、ソングライターとして「完全に敗北」したと思った。勢いに乗り堂々たるカリスマを放つ彼は途方もなく格好良く、途中加入ゆえに先輩達の様子を窺っていたスターワゴン時代の面影は完全に消えている。

# 最終章

# See You Again

九九年・夏——二〇〇一年・冬

## （三十三）再会

九九年暮れに発表されるセカンド・アルバムのために、僕らはプロデューサーを探すことになった。メジャー契約から一年以上かけて制作したアルバム《アニメーション》は、ストリングスやホーン・セクションも含む贅沢な編成、録音を繰り返し完成した作品だったが、長すぎた制作期間の間に音楽界の状況は激変。下北沢という竜宮城から僕らが持ち帰った玉手箱は完全に朽ち果て、ゴールドラッシュはあっけない終わりを迎える。十代のリスナーのトレンドがよりハードな「メロコア（メロディック・コア）」などと呼ばれるスタイルに変化。趣味性の高いギターバンドの多くはセールスで伸び悩んでいた。

プロになって二年。心の奥に響く音楽を純度高く掘り起こす為に僕らは客観的なアドバイザーを探していた。「プロデューサーは必要ない」などとデビュー前に嘯《うそぶ》いていた自分達はもう存在しない。そこで思い浮かんだのが師匠・ワクイさんの名前だ。彼が今、高円寺のレコードショップ「サークルデリック」で働いていることは知っている。少しばかりの不安と共に、僕は恐る恐る店を訪れてみることにした。

長身細身、トレードマークの上だけ縁のある眼鏡をかけたワクイさんは、この時三十二歳になっている。扉を開けると藤原ヒロシ、MUROなど錚々たるDJも足を運ぶ名店に敷き詰められた古今東西の中古レコードの匂いが僕の鼻にゆっくりと吸い込まれてゆく。ここでの仕事は、スタッフも古今東西あらゆるジャンルの音楽を熟知するエキスパートであることが条件。ワクイさんは音楽に浸かり働きながらソロ・アーティストとしてのプランを再スタートさせている現状に誇りを持っているようだ。誠意を込め次作のプロデュース依頼をした僕を待っていたのは、それまで見たこともない彼の表情だった。

「頼んでくれて嬉しいよ……」

ネルシャツにデニムを着たその風貌は出会った四年半前からほとんど変わっていない。会うまでに抱いていた不安をよそに前向きでエネルギッシュな彼がそこにいて僕はホッとした。仕事終わりに高円寺駅前の焼き鳥屋「大将」に飲みに行き、数年ぶりにビールケースをふたつ重ねた「テーブル」を挟んで彼と乾杯。歩道にはみ出して展開された昔ながらの変わらぬ酒場が懐かしい。思いのほか勢いよくジョッキを重ねたため、僕が買ったばかりのクラークスのデザートブーツにビールをこぼして慌てると、ワクイさんは手を叩いて大笑いした。

「やっぱ、ゴータおもしれーわ、学生時代と何にも変わってない」

ワクイさんは彼が手に入れたハードディスク・レコーダー「Roland VS-1680」の説明をしてくれた。僕らソングライターのほとんどはそれまで4トラックのカセットMTR（マルチ・トラック・レコーダー）で楽曲のデモを制作してきた。カセットテープの両面（A面＝左①右②・B面＝左③右④）を同時に使うことで、例えば①にリズムマシン、②にベース、③にギター、④にリード・ヴォーカルと「四つ」の楽器、歌が録音出来るという原理。ただ少しでも凝ったデモテープを作ろうとすると四つだけでは当然足りなくなる。その場合、三つのトラックが埋まった段階で適度な音量で空いている最後のトラックにダビング（ピンポン）する作業を繰り返す必要があった。

高校時代の僕にとっては4トラックMTRすらも簡単に手が届かない夢のマシンだったのだが、プロになる直前のある時点から僕は8トラック「TASCAM MIDI STUDIO 688」を使うように。しかし、独特の「味わい」はあるがカセットの音質や機能には限界があったのが事実。最近ワクイさんが手に入れた「VS-1680」は、なんとデジタルでの16トラック・レコーディングを自宅スタジオで可能にしたマシン。仮にピンポンをしてもアナログのように音がこもったり劣化する心配はなく可能性は無限だった。十六万九千円する高級機材を手に入れ、偏愛する彼の表情には一点の迷いもない。

「これさえあればサンプリングでどんなグルーヴも作れるからさ。タメもプログラム出来るから正直ドラマーいらないのよ」彼は満面の笑みを浮かべて続ける。

「バンドはもう面倒くさいよ。新しく『バードマン』って名前でソロでリリースするからさ。でも、その前にノーナか。小松のドラムも奥ダニエルのギターも最高だからなぁ」

ワクイさんだけは、何故かギタリストの奥田のことを「奥ダニエル」と呼んでいた。

「バンドは面倒くさい」

プライドの高い彼がそう言うのはある程度予想していたがなんだか悲しかった。ワクイさんと出会ったのは、阪神・淡路大震災が起こる直前、九四年十二月。会社にやってきた彼と初めてバイトの昼休みに交わした会話を僕は懐かしく思い出す。

「僕が『音楽やられてるんですか？　周りの方に聞いたんですが』って言ったら、まずワクイさん、しれっと『少しだけ』って言ったんですよ」

ワクイさんは目を細め、左側の口角を上げた。

「で、僕が『ワクイさん、どんな音楽がお好きなんですか？　僕はビートルズとモータウンが好きなんですが』って言ったら、なんて言ったと思います？」

「俺、なんて言った？」

「『僕は……、なんでも聴きますね』って言ったんですよ！」

彼は笑いながら右手をゆっくり上げ、眼鏡に少し触れてその角度を変える。

「『なんでも聴く』って最悪の答えやん、とその時は思ったんですけどね。でも結局知り合ってみると本当になんでも、どんなジャンルにも詳しいから驚きましたよ」

こうして九九年、夏から秋にかけてレコーディングしたセカンド・アルバム《フライデー・ナイト》は、すでに録音を終えていたファースト・シングル〈バッド・ガール〉以外をワクイさんに任せることとなる。サックス奏者の山本拓夫さんに共同プロデュースを依頼した〈バッド・ガール〉は、それまでの下北沢ギターポップ的立脚点から、AOR、アーバンなファンク的グルーヴへ方向性を大転換。この曲をきっかけに自分たちにとってキャリア最大の変革と言ってよいセカンド・アルバムの制作をワクイさんとともに乗り切れたことは素晴らしい想い出だ。肝心のセールスは振るわなかったが、我々の独自性が確立されたのがこの時期であることは間違いない。

僕らはこの時期リリースされたばかりのサミュエル・パーディのアルバム《ミュージカリー・アドリフト》に心酔、ジャミロクワイの初期ツアーメンバーふたりによって生み出された「九〇年代的AORサウンド」はメンバーとワクイさんの共通言語となる。スティーリー・ダン的なそのグルーヴは日本の音楽ファンの間で大絶賛されたが、イギリス本国では先行シングル〈ラッキー・レディオ〉の売上不振のため彼らは即契約解除、日本のみでリリースされていたという意外な事実を僕は随分後で知った。

世紀末を迎えた九九年。音楽業界は大きく変化する。最大の分岐点は、九八年末に黒船のように突然襲来した、わずか十五歳のシンガー宇多田ヒカルによるデビュー曲〈オートマティック〉。赤坂のTBSラジオでキャンペーンに勤《いそ》しんでいた二十五歳の僕は天井のスピーカーからわずかな音量で響く〈オートマティック〉を初めて聴いた時、そのあまりにグルーヴィーなサウンドとネイティヴなフェイクにジャネット・ジャクソンの新曲が掛かっていると勘違いしてしまったほどだ。九九年三月にリリースされた彼女のデビュー・アルバム《ファースト・ラヴ》は、発売後一ヶ月に累計五百万枚を突破し、日本国内のアルバムセールス歴代一位を記録。十代半ばの女王が、ポップ・ミュージック界の頂点に即位、戴冠。これほど強烈な「代替わり」はそれまで経験したことがなかった。

「椎名林檎」なる奇抜なイメージの女性アーティストのシングル〈ここでキスして。〉を聴いたのもFM石川、FM富山を回っていた北陸キャンペーン中のこと。ラジオ局で親交の深かったディレクターや金沢で必ず立ち寄った居酒屋割烹「田村」のマスターが「新人の林檎ちゃんはすごい！　絶対に売れる」と興奮気味に口々に言うので自ずと気になった。その言葉通り、彼女も先鋭的な才能を爆発させメガスターとなってゆく。

そして、何より自分にとって衝撃的だったのは少し前に渋谷のライヴハウス「ON AIR EAST」で共演したこともあるａｉｋｏの四枚目のシングル〈カブトムシ〉の凄まじさ。ほんの一、二年前、同じイベントに出演した際、楽屋に挨拶をしに来てくれたロングヘアーの「少女」がステージで歌っていた楽曲のいくつかは、一度しか聴いていないのに覚えて口遊《くちずさ》んでしまうほどキャッチーで脳裏に焼きついている。彼女が放った心の深淵に響くバラード〈カブトムシ〉を聴くと「素晴らしい音楽は難解すぎて日本の大衆には伝わらない」などという論理がいかに言い訳でしかないかがわかり、僕は逃げ道を無くした。

アルバムのレコーディングを通じて知識溢れるワクイさんの優しさや気配りに、僕は彼のことがさらに好きになってゆく。スターワゴン後期に彼が漂わせていた神経質で無愛想なムードはその緩んだ表情から完全に消えている。

ギルバート・オサリバンやトッド・ラングレンに影響を受けた〈ブルーバード〉という曲ではベースも弾いてもらった。市谷防衛省の前に位置するスタジオ、サウンドバレイにワクイさんが楽器を肩にかけて持ってきてくれた時の嬉しさは忘れられない。彼のメロディメイカーらしく自己主張するベースをスタジオで聴きながら、僕は胸が熱くなる。どれだけ彼に憧れていたことか。ブースから演奏を終え戻ってきた照れ臭そうなワクイさんに僕が自然に右手を出すと、彼も微笑み握り返してくれた。

ただし、半年以上再び密に関わってゆく中で、僕は次第にワクイさんが予定していた自身のソロ作品ではなく、ノーナに対して完全に音楽的重心を預けるようになってきたことが少し気になり始めた。彼はこの頃から、どんどん一度完成した自分自身の作品をやり直し続けるサイクルに突入してしまう。ごくたまに聴かせてもらう愛機「Roland VS-1680」を駆使した新曲に僕が心底感激しても、何故かそのメロディと歌詞を次のタイミングで大幅に変えてしまうのだ。たとえばスネアのタイミングも細かく設定すれば〇・〇一秒後ろにずらすだけでも体感上のグルーヴは少しずつ変化してゆく。手を加えるたびに「もっと良くなった」と。結局、僕が彼の新屋号『バードマン』の作品の完成ヴァージョンを聴くことはなかった。バンド時代のように他者からの制約や締切がない分、完璧主義の彼は創作活動のピリオドを打てなくなってしまったようだった。

秋になり《フライデー・ナイト》が完成すると、僕はもっと先に行きたい、行かねばならないと強く思うようになる。ヒット曲を生み出さなければプロとして長く音楽と共に生きることは出来ない。デビュー直後のように出前を取ってはレコーディングを繰り返しているだけの余裕は僕にも、バンドのふたりにももうなかった。二〇〇〇年春にリリースする予定の次のシングルのプロデューサーの人選の時期が目前に訪れている。答えは決まっていた。自分がアドバイスを全身で乞うべきは幼少時から最も大きな影響を受けたソングライターのひとりである筒美京平さんしかいないのではないか。

その決断は繊細かつ情の深いワクイさんを必ず傷つけることになるだろう。彼はノーナのプロデュースに大きなやり甲斐を感じてくれている。ただし歳を重ねるごとに数少なくなるチャンスに対して必死で焦る僕は、闇のような未来に薄く光る星に対してなりふり構わずただただ手を伸ばすしか出来なかった。九七年秋に交わした三年間のメジャー契約の最終年がすぐそこに迫っている。「九〇年代」が名実ともに終わろうとしていた。

九九年十一月。ジャニーズ事務所から新しく登場した五人組「嵐」のデビュー曲〈A・RA・SHI〉を聴いた僕は度重なるテンポチェンジ、ラップやバラード部まで織り交ぜたミュージカルのハイライト部分を凝縮したような摩訶不思議な構成に衝撃を受ける。「プリンスの〈バットダンス〉に匹敵するほどアヴァンギャルドなシングル曲であり、これまでのジャニーズ、いやすべてのアイドルの歴史で、デビュー曲でここまで攻めた楽曲はない！」などと僕は周囲に熱弁した。自分自身の音楽活動が軌道に乗り、年齢を重ねると海外のヒットチャートよりも日本人ミュージシャンやアイドルから繰り出される個性的な作品に刺激を受けることが増えた。音楽の捉え方は、立ち位置が変わると変わる。

この年の三月十五日、デビュー前後に大きな影響を受けたフィッシュマンズのフロントマン、佐藤伸治さんが三十三歳の若さで亡くなる。奥田や小松と共に葬儀に参列した際、先輩ミュージシャン達がバンドとして音を奏でていた姿は忘れられない。深夜の天気予報番組で初めて「ナイトクルージング」のミュージック・ビデオを見て《空中キャンプ》を買ったのは、ノーナに対する希望が満ちてきた時期のこと。フィッシュマンズのように自分たちのスタジオを持ち、レコーディングに邁進するスタイルが理想で憧れていた。

前年末に赤坂BLITZで行われたベーシスト柏原譲さんの脱退が宣言された『男達の別れ』ツアーファイナルも目撃したばかり。二日間あるうちの初日だったこともあり、一階のフロアには余裕がまだあった。僕と小松シゲルは途中で用意されていた二階席最前列から一階フロアに降り重低音に身を預ける。ステージの景色やビターなグルーヴの余韻がまだ残っているタイミングで伝えられた佐藤さんの訃報。ただ当時の自分にとって彼ら「三十代のミュージシャン」は想像を絶するほどの成熟した「大人」であり大先輩。彼らに満ちる「若さのパーセンテージ」を正確には想像出来ていなかった。

僕らが契約したワーナーミュージック・ジャパンはスタッフも二十代後半が中心でどことなくサークル的な一体感があった。九九年、ワーナーからシングル〈はなれ　ばなれ〉でデビューしたスリーピース・バンド「クラムボン」とは宣伝チームが同じだったこともあり、社内での取材やキャンペーンなどでよく一緒になった。大学時代から同じドラマー小林克己君を通して縁のあった堀込泰行君が、兄の高樹さんと共に結成したキリンジもほぼ同じ時期にワーナーでの活動を始めている。彼らは当初からライバルと呼ぶにはおこがましい存在。まさに「ミュージシャンズ・ミュージシャン」という表現がぴったり。スタッフもライターも、僕もメンバーも皆、キリンジの生み出す名曲の数々に夢中になった。

世紀末の狂騒。次々とデビューする同世代の魅力的なバンド達。中でもメンバー三人の演奏力の高さと楽曲の濃度に度肝を抜かれたのがトライセラトップスだ。天真爛漫な笑い声とチャーミングなルックス、骨太かつポップなサウンドと「シニヨン」「マスカラ」「ピンヒール」などリアリティに満ちた言葉選びで女子達の嬌声を集めるギター、ヴォーカルの和田唱君は熱狂的なマイケル・ジャクソン・フリーク。九九年五月に発売され、その夏、ポカリスエットのタイアップ・ソングとして大量オンエアされた〈ゴーイング・トゥ・ザ・ムーン〉で彼らは同世代バンドのフロントラインに躍り出た。多忙な中、東京育ちの都会的なムードに満ち溢れ、全身にオーラをキラキラと纏う彼と話す時間がなにより楽しい。

「ゴータ君、あのさ、〈ガール・イズ・マイン〉のジャケットで、マイケルが着てるブルーのスタジアム・ジャンパーあるじゃない？　あれさ、ポールが逮捕されて中止になった八〇年一月のツアーグッズなのよ。俺、ネットで背中ごしに振り向いた写真見たんだけど」

「え？　そんなんあるの？」

「日本地図とMcCARTNEY JAPANESE TOUR 1980ってデザインされてるんだよ」

インターネットが一般的に急速に普及した時期。マニアが自主的に作るホームページがこれまで知らなかった写真や証言をまとめて発表したことで新発見も多くなる。僕にとって自分よりもマイケルに関して詳しく、興味を持っている音楽仲間がいるというはじめての状況は、キャッチボールでたとえるなら限界まで全力で相手の胸元に投げ込んだボールが、ピシーッ！　と快音を上げながらグローブに吸い込まれてゆく快感に満ちていた。

久しぶりにカズロウと会ったのは、彼が両親の元から独立し新たにはじめる店「今陣」で売り出す「ブルーベリー団子」を是非試食してほしいと携帯にメールがあったからだ。僕は二年以上使ったジョグダイヤル付きのSONYの携帯電話から、富士通製のF501iに初めての機種変更をしたばかり。カズロウのiモードのメールアドレスが「blueberry_dango」でその気合いに笑ってしまう。

カズロウとマイカの間には長男の哲朗が九七年に生まれていた。しかし、彼の浮気が原因でふたりはこの時すでに離婚している。その際、カズロウの両親がマイカと孫の哲朗に金銭面での保障を約束したこと、カズロウも子育てにおける変わらぬ協力を誓ったこともあり、大学に復学したその後マイカは英語教師になるというもう一つの夢を叶えていた。

下北沢のライヴハウスに毎晩通い詰めていた五年前。カズロウが家業を継ぐことを決心する直前のこと。美容室「SHIMA」で描いていた未来との間で思い悩む彼に、僕は「ブルーベリーとかマンゴー包んだ饅頭はどう？」と何気なく言った。彼はそれから長い月日をかけて無茶な妄想でしかなかった「ブルーベリー団子」を実際に完成させたのだ。

試食場所に指定されたのは下北沢時代に何度も通った「敦煌」。トレードマークの黒いハットを被ったケースケさんが、我々の久々の来訪を喜んでくれている。

「俺はこの前、食べさせてもらったのよ。超いい感じだよ」

ケースケさんがグラスを丁寧にキャビネットに並べながら微笑んだ。

「今さらなんですけど」僕は言った。

「『敦煌』ってお店、なんでこの名前になったんでしたっけ？」

「ゴータ、久々に会って、その質問からかよ」

ケースケさんは腰を捻ってよろけるような仕草をした。

「映画で『敦煌』ってあったの覚えてない？　西田敏行とさ、佐藤浩市の」

「あー！　ありましたね。僕、確か中学生だったような」

「そうそう、あの映画ってさ。八八年に公開されたんだけど、最初に映画化しようと思ったのが、その十四年前で。七四年。日中合作の映画になるからって、深作欣二監督が呼ばれたけど一回御破算になったりして。最初は、千葉真一と真田広之がキャスティングされてたんだよ」

「そうだったんですか？」

「ともかくめちゃくちゃ時間と労力かかってようやく出来た映画なんだけど評判そんなに良くなくて」

「あのー」

カウンターにブルーベリー団子を並べ準備し終わったカズロウが、心配そうに僕らを凝視して、こう言った。

「おふたりさん、その話、今、必要ですかね？」

僕とケースケさんは目を見合わせて笑った。

「手短にまとめるわ。『敦煌』は、自分にとってどんなに時間がかかっても、困難があっても、やりたいことを最後まで貫徹するっていう象徴としてつけた」

「そう思えば、カズロウのこの団子も同じだよね」

僕がカズロウに目をやると、ようやく彼は頬を緩めた。

「なんか無理矢理くっつけただろ、話を。あー、ドキドキするわー」

想像よりかなり薄い生地の中に濃い紫色のブルーベリーが包まれて透けている。用意された小さなフォークで突き刺し、口に運ぶとほのかな酸味が瞬間で広がってゆく。僕はゆっくりと味わってから言った。

「めちゃくちゃ、美味しいわ……。俺、グルメでもなんでもないけど、ホントに美味しい……」

「良かった……」

「俺みたいにスイーツとか興味なくてもこれは大好き。あーー、美味しい」

カズロウの目には涙が溜まっていた。

美容師に憧れて、実際に名門「ＳＨＩＭＡ」の狭き門をくぐり抜けて修業を積んでいたカズロウが、親の願いを聞き入れる形で継いだ「団子屋」という家業。下北沢Ｑｕｅで出会ってから四年半の間に様々な変化がお互いの人生に訪れた。遂に完成した新しい店舗での新しいメニュー作り。僕は自然に彼の肩を軽く抱き寄せていた。カウンターの奥でケースケさんも泣いている。

## （三十五）新たなる出会い

二〇〇〇年四月十四日。渋谷の古着屋で手に入れた八五年製「ライヴエイド」ロゴの入ったグレーのスウェットに身を包んだ僕は、メンバーの小松シゲル、奥田健介、サポート・メンバーの鍵盤奏者・冨田謙さん、ベーシストの千ヶ崎学と共にドイツ・フランクフルトのゲーテ大学にいた。ドイツのインディー・レコード会社「アプリコット・レコード」内に新しく日本のポップ・ミュージックを紹介するための「ＳＨＩＢＵＹＡＨＯＴ（シブヤホット）」というレーベルを立ち上げたチームが、ノーナの初期二枚を凝縮したコンピレーション・アルバム《ＳＯＵＬ ＦＲＩＥＮＤ》をリリースしてくれただけでなく、ドイツに招聘してくれたのだ。九九年から二〇〇〇年にかけて、ドイツにおいて大掛かりな「ジャパン・イヤー」がタイミングよく展開されており渡航費などの補助も出たことも追い風となったようだ。

学生食堂を夜だけライヴハウスにしたような、学園祭ムードたっぷりのステージだったが、そこはさすが「テクノの国」。重低音がしっかりと響き渡る高性能なサウンドシステムが組まれていたせいで、下半身にバスドラムやベースラインがズシッと染み込み、リハーサルの時点から僕はかなり興奮していた。そして迎えた本番。イベントに詰めかけた七百人以上のドイツ人オーディエンスの熱狂に呼応するようにバンドの演奏はどんどんボルテージを上げてゆく。ラスト曲〈あの娘にガールシック〉で僕がファルセットを唸らせ、渾身のパフォーマンスを終えると、いつもより低音の歓声が会場中に広がる。メジャー契約三年目、ミュージシャンとして大きな岐路に立たされ悩んでいた僕にとっても、バンドにとっても束の間のご褒美のような旅となった。

この時、一緒にフランクフルトに向かった千ヶ崎学は、早稲田大学時代の音楽サークル「トラベリング・ライト」の同期。小松や奥田とは、学生時代「ハラショーズ」なるバンドを組み、精力的に活動していた盟友で、僕も入学時に出会ってすぐに衝撃を受けた凄腕ベーシストだった。大学院で生化学（バイオケミストリー）を学んでいた千ヶ崎は出会いから五年以上が過ぎた当時まだ学生。僕らがメジャー・デビューを果たす前後の怒濤の日々の中で一年半ほど会わない間に彼は熊本で「フグのエラについている寄生虫の研究」をしていた。九八年、夏。久々に彼を自宅スタジオに呼び寄せてベースを任せることになった時、以前からトレードマークだった眼鏡と髭面に加え、熊本での研究生活で真っ黒に日焼けして丸坊主という、そのあまりにも浮世離れした旧日本兵のような風体に驚いた。根底にファンクネスが宿る千ヶ崎のベースは、僕らの音楽性がこの時期急速にダンサブルでグルーヴィーなモードにシフトしてゆく中で欠かせないピースとなる。

ドイツから帰国してしばらくした五月五日、僕は赤坂ＢＬＩＴＺで行われたスチャダラパーの十周年記念ライヴ「１９９０-２０００ ＳＤＰ」へと足を運ぶ。九八年、僕らが所属するワーナーミュージック・ジャパンにスチャダラパーの移籍が決まり、デビュー前に夢中で聴いていた彼らがレーベルメイトになっていたのだ。ライヴ終演後のこと。ＢＬＩＴＺのロビーで多くのヒップ・ホップ界隈のアーティスト、関係者と共にメンバーに挨拶するため待っていた時、つり上がった眼鏡をかけ異常なオーラを纏った長身の男性が勢いよくこちらに突進してくるのが見えた。見間違えるわけもない。彼こそ「信州信濃のラップマシーン」、その人間臭い魅力に溢れた破天荒かつ豪快なキャラクターで日本のヒップ・ホップ・シーンを牽引し、メディアを騒然とさせ続けるラッパーＹＯＵ ＴＨＥ ＲＯＣＫ☆その人だった。

「ウォー！　ノーナ・リーヴスの人ですよね。俺、YOU THE ROCK☆って言います。〈ラヴ・トゥギャザー〉を大阪のホテルの有線で初めてこの前聴いて、あんまりにも良かったから電話して聞いたんだよ、これ誰のなんて曲ですか？　って。で、CD買いに行って何回も聴いてたから。リスペクトしてます！」

YOUさんを僕が初めて知ったのは、一緒に暮らしていた六歳下の弟・阿楠が繰り返しランプ・アイの〈証言〉を聴き込んでいた数年前。ジェネレーションが離れている弟が聴く音楽のほぼすべてはキングギドラ、BUDDHA BRAND、ライムスターなどの「日本語ラップ」。彼の部屋やCDラジカセから流れるそれらに最初は「なんだか物騒な音楽だな」としか思えなかった僕も、耳馴染むたびに徐々に惹かれてゆく。特にシリアスに怒りを爆発させた〈証言〉で「すちゃだらだらした」などと強烈なパンチラインを叫び、スチャダラパーをディスしていたはずのYOUさんが、その後すぐにトラックメイカーSHINCOさんをプロデューサーに迎えてリリースしたディスコティークなパーティー・チューン〈ダック・ロック・フィーヴァー〉の楽しさと完成度は凄まじかった。そのYOUさんが歩み寄ってくれたのだから喜ばないわけがない。彼が絶賛してくれたのは、三月末にリリースしたばかりの〈ラヴ・トゥギャザー〉。この最新シングルは、筒美京平さんにプロデュースを依頼し試行錯誤の末に完成した勝負作だった。

京平さんのご自宅に楽曲を詰めにはじめて伺ったのは九九年秋の終わりのことだ。作業をしたリビングのテーブルの上に発売されたばかりで大ヒットしていたポルノグラフィティのCDシングル〈アポロ〉と、これまたミリオンセールスを記録していたDragon Ashのサード・アルバム《Viva La Revolution》が置かれていたことに僕は驚く。当時、五十九歳、職業作曲家として日本音楽史の頂点に名を刻む「筒美京平」。普段は悠々自適に青年期に好んだジャズでも聴いているのかと想像していた彼が、むしろ二十代の自分より「今、日本で流行している音楽」を貪欲に聴いているという事実に戦慄した。

京平さんは優しく諭すような口調でこう言った。

「ゴータ君たちも、このあたりの音楽をきちんと聴くべきですよ。ちょっと上品過ぎるんですよ、ノーナは。若い人たちはもっともっと刺激が強い音楽を欲しているんですから。ヒットさせたいなら、今日本全国でヒットしている音楽を研究しなくちゃ」

自宅マンションに呼ばれた時、防音完備の巨大なスタジオ室で作業するのでは？　などと勝手に推測していた僕は肩透かしを喰らう。彼は「ドン・キホーテ」でも買えるんじゃないか、と思われるようなシンプル過ぎるキーボード一台のみで作曲をしているようだった。「デモの段階でアレンジを詰め過ぎたり、細かい先入観を与え過ぎるのはよくないですよ」と、彼は言った。彼は自分の曲を「歌」では伝えず、シンセサイザーの無機質なピーという音色でメロディをデモに収め、アレンジャーに渡してきたそうだ。

「思っていたよりも素朴で驚きました。この鍵盤にしても」

「お化粧は後で出来るから。まず大切なのはメロディ。例えばサビもエンディングで何回繰り返し聴いてもずっと聴きたくなるような強さが必要なんです。最初から練られたアレンジで気持ちよくなると誤魔化されるでしょう」

彼は上質なシャツの袖口に触れながら微笑んだ。ふと目をやると部屋の壁に一枚、誇らしげに賞状が飾ってあった。名前の部分のみ本名の「渡辺栄吉」様と若い女性が書いたであろう黒マジックの可愛い文字で記されている。読んでみるとジムに連続で何回通って頑張りましたね、といった音楽とはまったく関係ないもので思わず僕は笑ってしまった。

「京平さん、これレコード大賞とかそういうのじゃないんですね。トロフィーとか盾とかもっと並んでるんじゃないかって思ってたんですが」

「むしろ、そういうもの、今どこにあるのかなって感じですよ」

「そうなんですか？　確かに全然見当たらなくて、あ、壁にある！　と思ったら女の子が書いたジムの賞状なんて」

「ゴータ君、僕が、僕が嬉しいのはね……。ホテルとかで掃除してる人がいるでしょう。廊下とかで。当然、彼や彼女は僕のことを知らないわけ。誰が曲を作ったとかも知らないで、フンフンって鼻歌で歌ってくれたりしてるのを聴いた時なんですよ。歌詞とかもたいていウロ覚えで間違えてたりして。誰にも聴かれてないって思ってる。それが本当にヒットした、ってことなんです。誰が歌っているとか、ましてや誰が作っているなんて考えない。そんな瞬間に、あー、心から嬉しいなって僕は思うんですよ」

「僕もいつかそんな曲を作ってみたいです」

デビュー前後に妙に頑なになり、マニアックで地味な楽曲を作り続けることでピュアさを確認し満足していた僕はもうどこにもいなかった。


最初にスタジオでお会いした時、僕らが普通に「京平さん」と呼んでいるとレコード業界に長くいるスタッフに手招きされ「京平先生と呼びなさい」と注意されたことを思い出す。でも次のタイミングで僕が「京平先生」と言うと、「先生ってつけるのはやめて」と京平さんが皆の前で宣言されたことで、結局僕らが彼を先生と呼ぶことはなかった。しかし、実際の関係性は先生そのもので彼が放つすべての言葉、アドバイスが自分達への栄養、教訓となり、それ以降様々な局面において何度も反芻することになる。

「大切なことは二度繰り返して言わないと伝わらないですよ」「サビの最後は上がって終わるように」「リック・アストリーのファースト・アルバムには日本人が好きなポップス、メロディやサウンドの秘密が凝縮されています。改めて聴き直してみてください」と帰り際にCDを渡されたこともあった。十年以上前にリリースされたド定番のアルバムで僕も自宅には持っていたのだがブックレットの歌詞の部分、メロディの肝となる部分に京平さんはペンでマークをつけていた。しばらく眺めて返却してしまったが、同じように書き写しておけば良かったと後になって後悔したものだ。

YOU THE ROCK☆とは赤坂BLITZで出会った後、急速に仲良くなった。一緒に遊ぶと彼は四六時中、シックやカーティス・ブロウ、シュガーヒル・ギャング、パトリース・ラッシェン、メリー・ジェーン・ガールズ、シャラマーなどグルーヴィーなダンス・クラシックをVictorの黄色いドデカい土管のようなCDラジカセで聴いている。僕も同じラジカセを新大久保のドンキホーテで見つけてすぐに購入した。ちょうど京平さんのプロデュースでもう一枚シングルを作れる、そして運命をかけたメジャーでの三枚目のアルバムの制作と発売を急がねばという時期のことだ。僕とメンバーは相談の末、次のシングルを山中湖サウンドビレッジでの合宿で数日泊まりこみ作ることに決める。YOUさんにも来てもらって共作し、その楽曲を京平さんプロデュース第二弾にしよう、と。実際にYOUさんが若手スタッフや付き人を引き連れ山中湖に来て、一緒に生活してみると彼の思わぬ几帳面さに僕らは驚く事になる。彼はその豪放磊落なムードと相反してベイシング・エイプを中心としたお洒落なTシャツやデニムなどをひとつひとつ美しいビニール袋にパッキングし綺麗に畳んで持参、トランクを開けると同時にベッドの横にまるで洋服店かというべきレベルで整然と並べるのだ。

ＹＯＵさんとの熱いコラボレーション作として完成した〈ＤＪ！ＤＪ！〜とどかぬ想い〜〉は、自分達を代表する楽曲となる。東京・四谷のスタジオで初めて京平さんと会ったＹＯＵさんが「尊敬してます！『作詞』の面でめちゃくちゃ影響受けました！」と挨拶した「事件」は忘れられない。彼は京平さんのことを松本隆さんや売野雅勇さんのような職業作詞家と勘違いしていたのだろう。「ＹＯＵさん！　京平さん、作曲家なんで」と僕は思わずツッコんだ。慌ててお茶目に謝るＹＯＵさんに対して「全然いいんですよ」と京平さんは心底楽しそうに笑っていた。この時期、瑞々しい巨大な果実が爆発し半径百メートルまで果汁が飛び散るようなＹＯＵさんのカリスマとそのラップの魅力を求めたクリエイターは僕達だけではなかった。山中湖合宿でＹＯＵさんが「実は秋に出るピチカート・ファイヴの新曲にも参加してるんだよなー。発売日確かめておいて」と彼のマネージャーに呟いたのだ。気になった僕は、新曲の曲名を聞いた。

「ん？〈東京の合唱〉だよ」

ＹＯＵさんは答えた。

## （三十六）真夜中のアミューズメント・パーク

アルバムやシングルが出ると、全国キャンペーンを行うことがメジャー・デビュー後のルーティンとなっていた。特に音楽メディアの多い大阪・京都・神戸はリリース・タイミングで欠かさず訪れる。自分の作品をプロモーションするために新幹線や飛行機に乗ることはアマチュア時代にはなかったことだ。この時期、制服を着て子供達にカラフルな風船を渡している学生時代の彼女、陽子の姿を羽田空港で見つけたこともある。希望していた航空会社に入社して二、三年が経っているだろうか。膝をついて子供たちに微笑むその顔からは充実した日々の積み重ねが感じられて素直に嬉しい。ただ、こちらから声をかける勇気はなかった。

最初は何もかもが新鮮なキャンペーン行脚だったが、時には邪険に扱われることもある新人時代の広報活動は精神的に過酷でもあった。地方キャンペーンは、レーベル担当者とふたりきりで移動することも多く、長時間話しながらコミュニケーションをとる。「人」を知れば知るほどお洒落で魅力的な恒川光昭社長のもと、家族的なムードが漂うワーナーミュージック・ジャパンの雰囲気が大好きになっていた。

デビュー時、大阪営業所で最初に宣伝を担当してもらった梶野勇人さんと食べた深夜の

「たこ焼き」は格別だった。次に僕らを担当した藤井「ジャーマン」之康さんはＫｉｓｓ ＦＭに出演した際、同じ神戸ポートタワーの麓にある中突堤中央ビル二階の喫茶店「ワラジヤ」で名物「オムソバメシ」を勧めてくれた。その後、大阪に行くたびに毎回食べるようになる「インデアン・カレー」も彼から教わりハマった店のひとつだ。

担当は思いのほか早い周期で変わってゆく。神戸出身の新卒プロモーター・竹原功記君がワーナーに入社し、僕らの担当となったのは九九年のこと。彼は僕より二歳下。初めて会った時に「インディー時代からノーナが好きで、一緒に仕事がしたくてワーナーに入った」と興奮しながら語ってくれた男前のナイスガイ。人懐っこい竹原君と僕はウマが合い、すぐにお互いタメ口の関西弁で深い会話を交わす親友のような間柄になった。

アルバム《ディスティニー》をリリースした二〇〇〇年秋、竹原君に連れられてＫｉｓｓ ＦＭを訪れた時、ポートタワー近くの「レンガの壁」に僕は初めて気がつく。阪神・淡路大震災に見舞われた翌年、オリックス・ブルーウェーブが日本一に輝いたことを記念して作られた記念碑。仰木彬監督、イチロー選手、田口壮選手ほか埋め込まれた多数のサインが目に入る。僕は何気なく神戸育ちの竹原君に向かって「ご家族を亡くした人もこの街にはいるんやろうなぁ」と呟いた。すると当時二十三歳の彼はこう言ったのだ。

「俺の両親、地震で死んでしもてん」

「え？」

「俺二階で寝ててんけど。下で寝てたおとんとおかんは下敷きになってしもて……」

言葉が出なかった。九五年一月十七日、朝。すでに東京で暮らしていた自分にとって、震災はブラウン管の中の出来事でしかなかったことを思い知らされる。この後、竹原君は東京への転勤を命じられ、渡辺忠孝さんに代わりノーナの新しい制作ディレクターとなった。ちょうど僕自身がクラブ・シーンで様々なアーティストやＤＪと仲良くなり、真夜中のイベントに顔を出すのが習慣になっていた時期。ふたりで色んなクラブに遊びに行き、朝まで語り合う日々が続く。どちらも二十代半ば。ワーナーとの契約更新がすでに厳しい状況に直面していたこともあり、彼と僕は共闘精神を分かち合う同志となった。

僕の一番の本拠地は「三宿Ｗｅｂ」。田園都市線・池尻大橋駅と三軒茶屋駅のちょうど真ん中あたり、首都高速が頭上に聳え立つ２４６通り沿い、一階には牛丼の松屋がテナントで入るビルの地下に「真夜中の公民館」のようなそのクラブは存在していた。店長のナガサワタケシさんが醸し出す独特のユーモア精神の下に多種多様なＤＪ、ミュージシャン、音楽ファンが集まるその小箱クラブは、長きにわたり僕にとって大切な居場所となる。初めて僕が三宿Ｗｅｂを訪れたのは、九八年の大晦日。誘ってくれたのは、JUDY AND MARYのヴォーカルＹＵＫＩちゃん。彼女が紅白歌合戦に出場しヒット曲「散歩道」を歌っている生放送を自宅のテレビで観ていた僕と弟は、その後、約束通り渋谷に向かいYUKIちゃんと仲間が集まる打ち上げに参加。「この後、友達がクラブで年越しDJをやるから」という彼女の提案を受け入れタクシー数台に分乗し向かったのがWebだった。

一時期毎晩のように飲み騒いだ下北沢に顔を出すことは無くなっていた。下北沢がプロのバンドマンや舞台俳優を目指す若者にとってエキサイティングで魅力的な場所であることは変わらない。ただし夢と現実が複雑に絡み合う長屋のように濃密で狭い空間は、それぞれの時代、主役級の演者達による幾つかのドラマがクライマックスを迎えると登場人物が入れ替わる。若さを謳歌し、一緒に呑んだくれていたバンドマン達もある者はデビューし、ある者は音楽を諦め別の道を歩く。

九九年、秋。スタジオでの撮影を終えた僕が中目黒の立体交差点を歩いていると、駒沢通りとの角のガソリンスタンドで給油するスポーティなオープンカー、黒いシボレー・カマロに目がいった。運転席に座っていたのは「マーズ・クライメイト」の元ベーシスト、サトケンさんだった。近寄って挨拶すると、彼は開口一番こう言った。「あー、ゴータか、おまえまだ音楽なんかやってんのかよ」

ヘアスタイルは早稲田松竹で『ショーシャンクの空に』を観たあと話した時と同じ短髪。しかし醸し出す雰囲気が随分変わっている。サトケンさんがダイヤルQ2の事業で大成功した同郷の先輩からインターネット通販事業に誘われ、就職していることは噂で知っていた。乗っている車からもその羽振りの良さが伝わってくる。

「ゴータ、知ってるんだろ？　辰巳、結局バンドがダメでレコード会社のディレクターになったらしいな。なんのために俺たちを辞めさせたのか、マジで中途半端だよな」

クレジット・カードで給油していた彼は渡された用紙にボールペンで手早くサインをし、片手でカードを受け取りながら言った。

「俺らがさ、バンドに憧れたり、デビューしたかったのって新しいこととか、馬鹿でかいこと、誰もやったことないことがしたくてってところもあったはずなんだよ。一攫千金のさ、夢がある場所だったんじゃない？　六〇年代とかさ、七〇年代とかはもっともっと原始的でわけがわかんなくて」

「そうですよね、確かに」

「その自由さ、未来の読めなさこそがロックの世界だったと俺は思ってる。悪いこと言わないよ、マジでその興奮が今、インターネットにあるから。絶対面白い。色んなルールがここ数年でガラッと変わる。若くても今なら主導権を握れる。まだ間に合うぞ」

「もちろん、楽しそうだなとは思うんですけどね。ギリギリ粘ってるんで。僕は音楽に賭けてみたいなって、そう思ってます。新しい場所でガンガンやってるサトケンさん、なんだか自信に満ちててカッコいいです」これは紛れもない本心だった。

「もし契約切れてダメになったらすぐ俺んとこ来いよな。俺のケータイの番号知ってるだろ。ネットはこれからだから。服も本もレコードも通信販売がこれからメインになるから。二番目に好きなことで人生は成功するんだ。困ったらすぐ連絡しろよ」

言い終わると、せわしなくエンジンを踏み込んだサトケンさんは駒沢通りの向こうに消えていった。その後の音楽業界の急速な地盤沈下とＩＴ業界の大躍進を考えてみれば彼の言ったことは、ある一面では正しかった。

この時期、最も楽しかったのが真夜中のクラブ。九九年から通うようになった渋谷宇田川町のＯｒｇａｎ ｂａｒや、三宿Ｗｅｂで繰り広げられる真夜中の新しい社会は自分にとって居心地が良かった。九〇年代の東京を象徴する老舗クラブでの想い出は数えきれないほどあるが、まず最初に浮かぶのが「フリー・ソウル」ムーブメントを牽引するＤＪ、選曲家の橋本徹さんと会え、歓喜の夜をいくつも過ごせたことだ。

ザ・スピナーズの〈イッツ・ア・シェイム〉の眩いギター・イントロから始まる《フリー・ソウル・パレード》、ロバート・パーマーの〈エヴリ・カインダ・ピープル〉を含む《フリー・ソウル・ユニヴァース》など橋本さんの美学で紡がれたコンピレーションＣＤによって一世代若い僕らがスポンジのように吸収した七〇年代ソウルの名曲は数多い。特に僕の人生を大きく変えたのは、九五年五月に橋本さんがコンパイルした二枚、アイズレー・ブラザーズの《グルーヴィー・アイズレーズ》と《メロウ・アイズレーズ》。ワム！が八四年にカヴァーした〈イフ・ユー・ワー・ゼア〉や、ザ・パワー・ステーションが八五年にカヴァーした〈ハーベスト・フォー・ザ・ワールド〉をきっかけに小学生の頃からアイズレーのファンだったつもりの僕だったが、彼が膨大なアルバムから瑞々しいナンバーをチョイスし、魅力を凝縮してくれたことが、自分がバンドをスタートさせる上で大きなヒントとなった。

お酒を酌み交わし大音量の音楽に全身を委ねるクラブは、人間的な距離が近づく。「メディアの中」のスターと交流できるアミューズメント・パーク。ファースト・アルバム《I LOVE NY》を貪るように聴き夢中になったニール・アンド・イライザの松田「チャーベ」岳二さんや、カジヒデキさんと話したのは三宿Webでのエスカレーター・レコーズ主催イベント「ESCAPE」でのこと。一晩に二百人近い若い男女が詰めかけ、満員電車のように混み合ったフロアでは身動きがとれない。否応なく自分の作る音楽も影響を受け、よりダンサブルで「機能的」なパーティー・チューンが増えていった。

「職業・フランス」と自称するマルチ・クリエイター「アトリエ・ラパレイユ・フォト」の梶野彰一さんと知り合い意気投合したのもクラブでのことだ。セルジュ・ゲンスブール、フェニックス、エールなどフランス人アーティストを愛する彼が発売されたばかりのダフト・パンクの新曲〈ワン・モア・タイム〉をDJブースで歌い踊りながらプレイする姿はハッピーなエモーションを周囲に振り撒いた。僕は彼にアート・ディレクターとしてアルバムやシングルのデザインを依頼、長きにわたり濃密な共同制作を重ねてゆく。梶野さんがデザインしたYOUさんとのコラボレーション曲〈DJ!DJ!〜とどかぬ想い〜〉が名刺代りとなったおかげで、憧れていたDJ須永辰緒さんや、小西康陽さん、そしてライムスターの面々などともオレンジやパープルのライトで染められたカウンターやフロアで乾杯する機会が多くなる。

小西さんと新宿OTOのアニバーサリー・イベントで初めて会った時、白と赤のボーダーシャツにピンクのハットを被った彼はブースの暗がりの中で僕にこう言った。

「〈DJ!DJ!〜とどかぬ想い〜〉最高! アナログがリリースされてからさ、レコードバッグから一回も出してないよ。ずっと選曲出来るように」

小西さんが嘘やお世辞を言わない人だということはよくわかっていた。僕は彼のベースを弾く姿が好きだったので唐突に「小西さんがベース弾く姿が印象的なんですが、ベースって何本くらい持ってるんですか?」と訊いてみた。すると「青いフェンダー・ジャパンのジャズ・ベース一本だけだよ。ビデオや撮影ではたまに他のを借りることもあるけど」と彼は答えた。「持ってるのは八〇年代のね、普通に当時の安い現行品で日本製」

「そうなんですか？　まず一本だけっていうのも驚きましたし、ヴィンテージとかなのかな？　と」

「チャック・レイニーがジャケットで持ってるレイク・プラシッド・ブルーのジャズ・ベース。そこには憧れて色は選んだけどね。それだけだよ」ネックまで青く塗られたあのベースがフェンダー・ジャパンと聞くとさらにクールに思えて仕方がない。


弟や新しいディレクター竹原君と共にフットワークの軽い僕はクラブに顔を出すたびに新たな出会いを重ねてゆく。それは下北沢のライヴハウスに毎晩入り浸った九五年の日々の刺激に似ていたが、違うのはその刺激をすぐに作品化して世に問える立場になっていたことだ。元来、お調子者の僕は傲慢なまでにその快楽に酔った。と同時に、数年後ミュージシャンとして暮らしていける保証のないギリギリの現状に、怯えてもいた。

## (三十七) ここからは新しいものは何も生まれない

二〇〇〇年十二月十四日木曜日正午。

天気予報が告げた通り前日から最高気温が三度下がり、本格的な冬の寒さを実感したこの日。僕は二日酔いのどんよりとした気分で窓の向こう、曇り空にぼやけて浮かぶ新宿の高層ビル群を眺めていた。去年から暮らし始めたマンション「ソルシェ目白」の八階。東京の街を左から右へとゆっくり見渡しながら煙草に火を着ける。ベランダに出て深く吸い込んだ煙をため息のように吐き出すと都電荒川線の踏切の音がリズミカルに聴こえた。

午前中はいつものように眠っていた。よほどの仕事がなければ早朝に寝て昼に起きる生活が続いている。とりあえず確認するのが「笑っていいとも！」のテレフォン・ショッキング。ゲストは女優の小雪だった。僕は腫れた瞼を右手の人差し指で引き上げつつ玄関そばにあるスタジオ部屋に向かいドアを開けた。この部屋の中心には制作費で購入したYAMAHAのレコーディング・コンソール02Rが鎮座、S-VHSテープで録音出来る「高級MTR」Alesis ADAT XTが二台同期している。レコーディング機材にいつものようにスイッチを入れた瞬間携帯電話が鳴り、画面がオレンジ色に光った。聴こえてきたのはホフディラン小宮山雄飛の声だった。

小宮山雄飛とはじめて言葉を交わしたのは、九九年五月のこと。虎ノ門にあるホフディランが所属するレーベル、ポニーキャニオンで彼に声をかけている。その日英国のベテラン・ロック・バンドXTCが七年ぶりにリリースしたアルバムに合わせた二枚のキャンペーンの一環で、来日した四十五歳のアンディ・パートリッジ、四十三歳のコリン・モールディングと日本のミュージシャンが交流するという機会が設けられた。

同い年の雄飛はすでに年長のワタナベイビーさんとのコンビ「ホフディラン」で〈スマ

イル〉〈恋はいつも幻のように〉などスマッシュ・ヒットを放ち、武道館公演も成功させている。僕が特に好きだったのは彼の個人ユニット「ユウヒーズ」で、インディーズから発売されたアルバム《ユウヒ・ビール》のストレンジなサウンド構築、八〇年代「MTVポップ」フィーリングに強烈なシンパシーを覚えていた。意外といない「タメ」の仲ということもありビターなジョークをキャッチボールし合える親友になったが、正直今回のサニーデイ・サービス解散に関して言えば僕と彼の温度感は随分違った。彼はリキッド・ルームで昨日から二日間行われているサニーデイ・サービスの解散ライヴに両日参加するという。

「もう俺、親戚の結婚式みたいな感じで会場の空気とか全部体験したくなっちゃって、昨日は異常に早くリキッド着いちゃってさ」

「え、雄飛君、二日連続で行くん、ははは、凄いな」

「いや昨日は一曲目から号泣だから三曲目まで泣いてた。サニーデイとホフってデビュー時期近いからさ。なんかリンクしちゃって。ゴーちゃん、行くの？」

「俺、今日はスタジオでミックス・チェックだから行けないわ」

「じゃ、明日の夜は？」

「明日は大丈夫」

「じゃ、明日前行った新大久保のサムゲタンの店行こうよ、じゃねー」

サニーデイの解散はメディアを通じて知った。九五年初夏、最初に下北沢で見かけたロック雑誌の中のスター、曽我部恵一。飄々とした彼の元に、ひとりの女の子が駆け寄り話しかけていたことを思い出す。ニコッと笑った彼が握手をし、軽く会釈をしてスッと通り過ぎたその姿にまだ何者でもない僕は思わず見とれてしまった。あれから5年の日々が過ぎている。

雄飛との電話を切った後、思い出したのが三ヶ月程前に遊びに行った深夜の三宿Ｗｅｂ。杉浦英治さんとデザイナーのキンクさん主催のイベント『ＶＥＧＡＳ』にゲストＤＪとして参加していた曽我部さんと久々に交わした会話のことだ。ファットボーイ・スリムやケミカル・ブラザーズが大音量で鳴り響く中、ＧＡＰの服を着た曽我部さんはタオルで汗を拭きながらこう言った。

「あのさー、思うんだけどさー、二〇〇〇年じゃん？　もうここからは新しいものはなんも生まれないからさ、全部この後は繰り返し。質感とかディテールが変わるだけ……」

７枚目のアルバム『ＬＯＶＥ　ＡＬＢＵＭ』発売直前のタイミング。あの時、サニーデイが解散するなんて僕は思ってもいなかった。だからこそ、曽我部さんがＷｅｂで放った印象的な言葉を僕はその後何度も反芻することとなる。

この日、ミックス・チェックが行われたのは西麻布のワーナー・スタジオ。ここ数年の我々の本拠地だ。夕方に気分転換を兼ねて青山霊園沿いの掘立て小屋のような名店「かおたんラーメン」へ。黄金色のスープと揚げたネギが特徴で僕らノーナ3人の大好物。いつも僕は最初紹介してくれたエンジニアにお薦めされた「塩ラーメン」を食べている。仕事が終わった後に来る時はビールと仔袋や味付もやしなどで小松や奥田と飲み交わして帰ることもあったが、ミックスの間は流石に飲まない。酒を飲んだり、疲れて眠ったりすると曲のテンポが異常に速く聴こえたり判断不能になる。

発売日が迫り〆切が近づくと、まだ歌詞が完璧に出来ていないのにスタジオに入ることも増えてきた。膨大な予算で抑えた巨大なレコーディング・スタジオ。ミキサー卓SSL（ソリッド・ステイト・ロジック）が中央に輝く、かつて憧れのアーティストのインタビュー・シーンなどで見たシチュエーションで、本来喫茶店のテーブルや自宅で終えておくべき作詞作業に没頭する。ただし、ワーナーのロゴの入った用紙に鉛筆で歌詞を書き連ねてゆくと、そのある種の浪費の認識がプレッシャーとなり自分の限界を更新する追い風にもなった。

この頃、ワクイさんが僕に勧めてくれたのがネッド・ドヒニーのアルバム《プローン》。ネッド・ドヒニーの代表作と言えばその前作、青空が広がる海辺でシャワーの飛沫を浴びる上半身裸のジャケットが印象的な《ハード・キャンディ》が名作としてよく知られている。しかし、ワクイさんはいつも周囲の評価より少しズレた作品を激賞するタイプ。僕らに対するアドバイスも何歩か先の未来を見据えたものが多かった。

「《ハード・キャンディ》はさ、なんと言ってもデヴィッド・フォスターのキーボードが最高なのよ。でも次に出た《プローン》はね、これ実はアメリカ本国ではリリース見送りになっちゃったんだけど。七九年に日本からだけ発売されたのよ」

「日本だけだったんですか？」

ワクイさんは上だけ縁のある眼鏡の角度を少し直して言った。

「意外にさ、アメリカやイギリスの普通の音楽ファンより日本人の方が色々深く聴き込んでるからそう言うことが起こるんだよね。基本、『今流行してるもの』しか聴いてないからね、ほとんどのアメリカ人は。最新が最高。それもいいんだけど。予言するけど、もう少ししたら海外でも日本人が好きな、いわゆるＡＯＲ、アダルト・オリエンティッド・ロック、シティ・ポップ的な音楽の面白さがわかる世代がどんどん生まれてくる。俺、中古レコード屋で働いてたじゃない？　海外からのマニアが東京に買いに来る。ノーナが《フライデー・ナイト》で起こしたシフト・チェンジは絶対に正しいよ」

「ワクイさんがプロデュースしてくれたおかげですよ」

「いや、俺が参加する前の〈バッド・ガール〉のシングルの時点でもう既に道は拓けてたよ。正直、あの曲は俺がプロデュースしたことにしたいくらい。マイケル・ジャクソンとボズ・スキャッグスをミックスさせるアイデアはなかなか出ない」

「思ってる以上に売れなかったですけど、もちろん自信作です」

僕は両肩を軽く上げて掌を上に向けた。

「まだチャンスはあるんだから。それに、何十年か先に気がつく人はちゃんと必ずいる。作品は残るからさ」

「もうすぐ三年の契約が終わっちゃうんですよ。僕に今必要なのは《プローン》じゃなくて、《ハード・キャンディ》なんです。ちゃんと同時代で認められて愛される代表作。確かネッド・ドヒニーって、大富豪の息子なんですよね？　石油か何かで財を成したボンボンだって。ワクイさんに教えてもらいましたけど」

「そう、ビバリー・ヒルズに『ドヒニー通り』があるほどの」

「それだけ余裕があるならいいですけどね。リリースされても、されなくても。十年、二十年後に評価されても。でも僕は、僕らは今なんとかしないと」

僕がムキになったのに気づいたワクイさんは、柔らかく目を逸らし悲しそうに笑った。

「ま、今のゴータに『焦るな』って言っても無駄かもな」

## （三十八）祖母の願い

プロ・ミュージシャンになって丸三年の日々が過ぎた二〇〇〇年秋は、ワーナーミュージック・ジャパンと我々の契約更新のタイミングでもあった。この年リリースしたメジャー・サード・アルバム《ディスティニー》は渾身の自信作。特に筒美京平プロデュースによる二作のシングル〈ラヴ・トゥギャザー〉〈ＤＪ！ＤＪ！〜とどかぬ想い〜〉は、ラジオやクラブのＤＪを中心とする好事家から大きな反響を得たもののまたもや目指したセールスの領域には達することはなかった。時計の針を三年前に戻せるならばメジャー・デビューの時点でこれくらいの振り切り方をすべきだったのかもしれない。ハンソンのようなアップテンポのソウル・チューンをとオーダーをくれた渡辺忠孝さんの声が蘇る。思い返せば多くの「オトナ」達から告げられていたアドバイスを我々は初期段階でことごとく拒絶していたのだ。しかし、自分達の頭で考えて失敗してみないとわからないこともある。特にバンドの場合は。

百メートル走だと思って全力で走っていたレースが、実はフルマラソンだった、いや明確なゴールなど設定されていないのだと途中で知らされる終わりなき競争と狂騒。ほぼ毎晩、渋谷や三宿や麻布、新宿のクラブやパーティーに顔を出しその場にいる先輩や仲間、初めて会った女の子達とグラスを重ね、道化のように踊り、赤や紫に染められたストロボを浴びて酔う。閉ざされた世界の中でそれなりの脚光を浴びて大きな声で笑っている自分、子供の頃に描いた夢を「ある程度は」叶えた男が確かにそこにはいた。結局、二〇〇〇年十一月末に首の皮一枚でメジャー契約は一年更新。しかし、若さゆえの謎の強気に満ちた自分の姿は少しずつ消えている。僕はローリング・ストーンズのブライアン・ジョーンズ、ニルヴァーナのカート・コバーン、ジミ・ヘンドリックス、ジャニス・ジョプリン、ドアーズのジム・モリソンなどが亡くなった二十七歳の誕生日を迎えていた。

大抵のポップ・スター、伝説的なバンドの歴史を紐解けば、否定され認められない下積みの辛い季節が必ずある。幼い頃からよく知るアンデルセンの童話「みにくいアヒルの子」のように、他と違う感覚を持っているからこそ当初は疎外され、理解されないこともあるが、それは後に花開くための序章として必要な過程。この時までは自分は「白鳥」に違いない、「本気さえ出せば世の中に届くはず」と信じ切って疑わない自分がいた。そんな僕に対して、筒美京平さんが語りかけてくれた言葉を反芻する。

「趣味性が高すぎます。ホテルの掃除のおばさんたちに作業の合間に歌詞がうろ覚えでも口ずさんでくれるような曲を目指さないと。誰が歌っているのか、ましてや作家の名前などその人たちは知らない、そういう曲を作った時、ヒットって言えるんですよ」
だからこそ、京平さんにプロデュースをお願いした〈ラヴ・トゥギャザー〉が紆余曲折を経て完成した時、彼が僕に向かって「ようやく『商品』が出来ましたね」と微笑んでくれたことが心から嬉しかった。京平さんと出会い仕事をするまでは、自分の曲を「商品」だなんて思ったことはなかった。

この頃、新宿・百人町に暮らす祖母と二週間に一度ほどのペースでランチをするのが恒例行事になっていた。弟・阿楠が上京してきてからは彼もその輪に加わった。祖母は小柄ながらエネルギッシュで好奇心旺盛。東京を愛し、電車やバスを乗り継いでどこにでも動くタイプ。油絵が趣味で新宿区の絵画サークルに所属し八十代半ばになってもグループ展などにも参加している。その祖母が一度「さくら庵」で焼きたてのみたらし団子を食べてみたいと言ってきた。数日前、渋谷クラブ・クアトロで行われたクリスマス・ライヴに来たカズロウから楽屋で手土産として渡されたみたらし団子や饅頭を祖母に届けた時、「友達の両親の店なんだけど軒先で食べるともっと美味しい」と僕が言ったことに彼女が反応したのだ。思いついたら即行動、水曜日の昼に行こうと約束。僕自身、「さくら庵」に行くのは久々だった。生まれたばかりの哲朗を背中におんぶしたマイカが割烹着を着て団子を焼いていた姿が懐かしい。その夜、カズロウから浮気を告白されたことは忘れられないが、今、ふたりは同じ桜新町に暮らしながら協力して一人息子を育てている。

もうすぐ哲朗も四歳になる。哲朗へのクリスマス・プレゼントとして、トイ・ストーリーのバズ・ライトイヤーのフィギュアを前日に買っておいた。


二〇〇〇年十二月二十日水曜日、最高気温が十八度近くまで上がった暖かい午後に弟と祖母の三人で「さくら庵」に向かうと、カズロウの両親が熱烈な歓迎をしてくれた。

「ゴーちゃん、アーちゃん、本当に美味しいわ。連れてきてくれて、ありがとうね」

祖母はカズロウのお母さんが焼いたみたらし団子を食べながら嬉しそうに言った。心地良い天気と完璧に重なったその姿は、まるで彼女が愛している油絵のようで僕は見とれてしまう。しばらくして店を出ようとした時、新店舗「今陣」で準備をしていたカズロウが両親からの連絡を受けて顔を出した。

「カズロウごめん、気を遣わせて。なんか、お祖母ちゃんが来たいって言って一緒に来て。こんないい天気で心地よくて、美味しくて。一生忘れられない日になった気がする」

「いや、俺もご挨拶出来て嬉しいわー。哲朗におもちゃもありがとう」

「今日さ、ここでお祖母ちゃんと一緒にお団子食べて、ずっと考えていたことの答えが見つかったかもしれない」

「どういうこと？」

「プロのミュージシャンになってから気がついたことなんだけどさ。もしも喉が渇いた場合、大抵の人は道端に並ぶ自動販売機とか、何気なく入ったコンビニエンス・ストアでジュースを買うってこと。その場に売っている中から好きな銘柄を選ぶ。電車に乗ったり、バスに乗ってまで好みのドリンクを買いに行く人間は少ないって。カズロウもだけど、俺たち音楽マニアはたとえるなら、どんなに喉が渇いていたとしても電車に乗ったり、タクシーに乗ってでも特別美味しいジュースを飲みたいって考える少数派」

向かい側で弟と祖母が談笑している。ふたりに少し目をやった後、カズロウが言った。

「つまり音楽も一般の人にとってはジュースと同じだから、喉が渇けば目の前にあるものが選ばれる。テレビとかで流れる音楽ってこと？」

「シンプルに言えば。でも、今日『さくら庵』に電車乗り継いで来てみてさ。『ここでしか食べられない団子』だな、と。お祖母ちゃんと一緒にいるこの風景も含めて。自分の音楽にもそういう部分があればいいなって、改めて思った。何だか感謝だわ。ありがとう」

カズロウは、先日のノーナのクリスマス・ライヴに来た時、自分が好きで聴いている土岐麻子とビーチェとたまたま並んで一緒に観られたことが嬉しかったと言う。「シンバルズ俺好きなんだけどちゃんと初めて声かけれて嬉しかったなー」

僕は土岐麻子が学生の頃、隣のサークルでギターを弾いていた二個下の後輩だったことをカズロウに話した。

「学年差もあったしね、隣のサークルだったから仲良くなるまではそれなりの距離があったんだけど。ただささ、四年ほど前、彼女が歌ったデモ・テープをもらって聴いた時、本当に驚いて。朝方、俺が下北沢かどこかで飲んで始発で帰った日に、彼女はちょうどシンバルズを始めようみたいなタイミングで夜通しデモ作ってたみたいで。高田馬場駅で偶然土岐さんに会ったのよ」

「早朝の駅で？　偶然？」

「そう。その時、彼女がカセットテープを俺にくれてさ。最初の一、二本。で、聴いてすぐ『めちゃくちゃ歌いいよ』って、絶賛の連絡して。シンバルズのドラムは先輩の矢野さんだしね。矢野さんのドラムがなければ俺も小松もサークル入ってなかったから」

「最初、矢野さんのＭａｃで、バンドのポスター作ってもらって、それでバイト先が見つかったって言ってたもんね」

「そうそう、そのバイト先でワクイさんと出会えた」

「それで俺たちも会えた」

「思い出せば本当に。五年で色々変わったなーって」

カズロウは苦笑した。

「一番、変わったのは俺だよ。ゴータ君の場合はある意味直線じゃん。俺の場合は美容師見習いから、結婚して、親になって、離婚して、今は団子屋だから」

「凄いよ、ブルーベリー団子。それに哲朗もふたりでちゃんと育ててるし、尊敬するわ。俺なんか自分のことで精一杯で子育てなんて想像もつかない」

## （三十九）「名前なき」十年

二〇〇〇年十二月三十日土曜日夕刻。

我々はイベンターのディスクガレージが主催する渋谷公会堂でのライヴ「LIVE DI:GA SPECIAL 2000」に誘われ、トライセラトップス、BONNIE PINK、WINOと共演した。WINOは、下北沢時代に出会った若手ギターバンド。最初に会った時は「ボグ・マイトル・スター」というバンド名だったが、ある時新宿駅の改札でヴォーカルの吉村潤と偶然擦れ違った時「俺たち名前変わったんですよ」と彼は言った。「何て名前にしたん?」と訊くと自信満々の表情で振り返り「ワイノ」と彼は微笑んだ。デビューを果たした後はあれよあれよと言う間に上昇気流に乗っている。

BONNIE PINKは僕と同じ京都出身、英詞が印象的なヒット曲〈ヘヴンズ・キッチン〉を既に三十万枚売り上げている優れたシンガー・ソングライター。どちらも一緒にステージに上がれることが嬉しい組み合わせだったが、なんといっても特別なのは親友・和田唱がギター、ヴォーカルを担当するトライセラトップスとの共演だった。リハーサルの合間、楽屋で会った彼は屈託のない表情で考えさせる内容を僕に投げかけてきた。

「あのさー、ゴータくん。あと二日で、二〇〇一年じゃない？　でさ、今、二〇〇〇年でまだ二〇世紀。次から二十一世紀なんだよね。なんて呼ぶのかな？」

「なんてって？」

「いや、六〇年代とか、九〇年代とかそういう呼び方が出来なくて不便だなぁって」

「あー、確かに。エイティーズとかナインティーズとかみたいな呼び方、俺もよくするし便利だけど、ないね。今。二〇〇〇年代？」

流石《さすが》、ワダショー。面白い質問をするものだ、とこの時思った。名前や呼び方が先に変わってから決まること、意識が変化することは確かにある。例えば「中学生」になった後に親に「もう小学生じゃないんだから」と叱られたり、昭和が平成に変わってからも「昭和の古いルールを変えないと」などと言われることがある。時代が変わるのは「言葉」が先に規定されるからではないだろうか。

少し前に観た映画『ブギーナイツ』に、象徴的なシーンがあった。一九七九年の大晦日に主人公達は大掛かりなホーム・パーティーをする。そこには象徴的な垂れ幕「GOOD Bye 70's… Hello 80's」が掲げられており、実際物語はその夜を境に破滅への速度を上げるのだ。

もちろん『二〇〇〇年』『二十一世紀』という言葉は百年周期の果てしなく大きな変化ではある。ただ「エイティーズ」「ナインティーズ」のような明確な十年の区切りでない分、それぞれ個人がどう振る舞い、違いを鮮明にしてよいのかがわからない。この時「名前なき」その先十年が自分にとってどのような時代になるのか、予想がつかなかった。

渋谷公会堂の楽屋。「敦煌」のケースケさんと、彼と付き合い始めた芽衣子さんが顔を出してくれた。芽衣子さんと会うのは彼女がサトケンさんと別れた四年前以来。ほぼ同時に、寸前まで疑わなかったユニット「フレイヴァー」でのデビューの約束も反故にされてしまった彼女が真夏のバーベキュー・パーティーで意気消沈していた記憶が蘇る。久々に会った芽衣子さんは、ネイビー、ライトグレー、マスタードとベージュ、四色を組み合わせたアーガイル柄のニットを着て、デニムのワイドパンツを合わせている。歳を重ねてもお洒落で潑剌とした笑顔は変わらない。

「ゴータ君、今夜のライヴ凄い良かったよ。私、あの後しばらくなんだか音楽聴くのが辛くてね。ずっとサッカーにハマってた」

「サッカー?」

「Jリーグ。横浜フリューゲルスの試合、観にいってて。それはそれで楽しかったんだけどね。合併したじゃない、Ｆ・マリノス。色々あって我に返って、またこっちの世界に戻ってきたって感じ」

ケースケさんが、芽衣子さんと目を合わせた後、言った。

「芽衣子と来年結婚しようと思ってて。年が明けたら仲間内でＤＪするみたいなパーティーやるから、ゴータ、ぜひ来てよ」


終演後、僕らはスタッフと共に宇田川町の交番前、ちとせ会館の中にある居酒屋で開かれた忘年会に向かった。宴の席でこれまでライヴを現場でチェックし客観的な意見を伝えてくれていたワクイさんの表情の翳りに気がつく。アルバム制作のためにスタジオで長い時間を共に過ごした昨年に比べ、彼との共同作業は如実に減っていた。お互いに話さなければならないことを何となく先延ばしにしている。意を決した僕がジョッキを持ってワクイさんのそばに座り乾杯をすると、彼は僕の目を静かに見つめてこう言った。

「覚えてるかな。昔さ、ふたりきりで明治通りに停めた機材車の中で話したこと」

予想外の第一声。少し驚きつつも僕は言った。

「プロのミュージシャンになるために、一番の才能がなにか、ですよね。あの日からなんだろう？　ってずっと考えてました」

「そう。持ってる奴は持っている。生まれつきの才能。後から練習しても、お金をかけても、どれだけ顔がカッコ良くても、お洒落でも歌が上手かろうが、曲が作れようが関係ない。俺が色んな人間を観察して、ようやくわかったこと」

忘年会シーズンの渋谷の居酒屋の喧騒の中で、僕は黙って彼の言葉に耳を澄ました。

「伝えるべきタイミングが来たら教えるってあの時言ったけど、どちらかと言えば教わったのは俺の方なんだよ」

僕がワクイさんの眼鏡越しの目を見ると、彼はかすかに微笑んで続けた。

「プロのミュージシャンになるために、一番の才能がなにか？　それは絶対的な自分の未来に対する思い込み。自分のことを最初の一歩から最後のゴールまで根拠なんか無くても信じ切れるかどうか。おまえにはそれがあった。出会った頃からあった。それこそが生まれ持った才能なんだ」

店を出て「よいお年を」と年の瀬の挨拶を交わしながらメンバーやスタッフと別れた僕は三々五々、渋谷の街に溶けてゆく彼らの姿を見送る。その流れでワクイさんにも同じテンションで声をかけたのだが、彼の反応は不自然でぎこちなかった。長身の彼は十二月の寒さで白くなる吐息に乗せて、意を決したような表情で頬を緩めながらこう言ったのだ。

「ここには俺の居場所はない。だから来年からはもう俺、ノーナの現場には来ないわ」

「え？」

「ゴータ……、おまえは俺を越えたよ」

二十一歳の僕がどん底でもがいていた六年前の十二月、バイト先でワクイさんと出会った。音楽のみならず、映画や小説などあらゆるジャンルに博覧強記の先輩として慕うようになった彼から「CDを出している」と聞いた瞬間の衝撃は今も忘れられない。僕はすぐに彼がフロントマンとして輝きを放ったギターバンド、スターワゴンに夢中になる。彼の紹介で下北沢の音楽仲間、先輩達と出会い刺激をもらえなければミュージシャンにはなれなかっただろう。歌詞の書き方、視点も含めてワクイさんに教わったことは数えきれない。ただしここ数年、僕は純粋に音楽の道を、日々を生きることに必死だった。知らぬ間に誰よりもプライドの高いワクイさんを傷つけていたのかもしれない。

「どういうことですか？　もう会えないってことですか？」

「そういうこと。そっちの方がお互いにとっていい。俺は俺で音楽を作る」

ワクイさんは煌びやかに光る宇田川町のど真ん中で、交番を背にして立っている。僕は少し彼と目を逸らし、味の中華「兆楽」の黄色と赤の看板を静かに見つめたまま数秒の間黙り込んでしまった。五年前、彼の導きで下北沢を訪れてから最初に作った曲〈自由の小鳥〉を聴いてもらってしばらくした夜のこと。ワクイさんが大好きな「銀河英雄伝説」を踏まえたこんな言葉をくれたことが頭をよぎる。

「凄いじゃん。これ、いいよ。ゴータは、俺がヤン・ウェンリーだとしたら、ユリアンかも知れないなー、って正直思うよ」

「志半ばで死んじゃうじゃないですか、ヤンは。何言ってるんですか」

回想から現実に引き戻された次の瞬間、ワクイさんは戸惑いを隠せない僕に背中を向けると、ひょいと右手を上げ繁華街の雑踏の中に身を混ぜて消え去ってしまった。

## （四十）じゃ、またね

二〇〇〇年十二月三十一日日曜日。

僕はディスクガレージが主催する年越しライヴに足を運んだ。ピールアウトのドラマー高橋浩司君から直接電話が来たからだ。「この日、俺たち三回ライヴやんのよ」浩司君は苦笑いしながら言う。「最初は、早い時間にＱｕｅで、その次のクアトロがカヴァー中心。ビートルズもやるからゴータに絶対観て欲しくて。ペンパルズ、ショートカット・ミッフィー！も一緒だし」

夕刻。家を出る前に何気なくテレビをつけると、世田谷・祖師谷の一軒家で子供も含む家族四人が何者かに殺されたという衝撃的なニュースが流れていた。続くスポーツ・コーナーでは来季シアトル・マリナーズへの移籍が決まりＭＬＢに活躍の舞台を移す僕と同い年のイチロー選手の話題も。背番号は日本と変わらず、マリナーズでは名投手ランディ・

ジョンソンが背負っていたイメージの強い「51」だという。投手ならともかくパワーのない日本人野手はＭＬＢで簡単に通用しないだろうと野球評論家が語っている。

弟と僕は渋谷駅で一緒に年を越す約束をしたディレクター竹原君との待ち合わせに向かう。両親を阪神・淡路大震災で亡くした彼が大晦日と正月を東京で過ごすと言うので、それなら一緒にいようと声をかけたのだ。ふと思いつき、ノーナ・リーヴス脱退後セッションマンとして活躍しているベーシスト小山晃一に「今夜、渋谷で飲まない？」と電話。すると彼は「僕、ラウンド・テーブルの年越しライヴで、今、大阪なんです。カウントダウン・イベントのリハーサルの合間で」とその必要はないのに申し訳なさそうに告げた。

渋谷クラブ・クアトロ。久しぶりにライヴを体感したペンパルズは勢いを更に増していた。若いオーディエンスが林君をカリスマのように崇《あが》めフロアで大暴れしていたが、ともかく爆音に身を任せ騒げればよい、そういった種類の熱狂に僕は馴染めなかった。とは言え、それこそがトレンドなのだろうし、間違っているのは時代からズレ始めた僕なのだ。ライヴ終了後、楽屋に挨拶に行くとドラム、ギターの上条兄弟がタオルで汗を拭きながら優しく迎えてくれた。五年前、石神井公園の焼き鳥屋『スマイリー城』で話し込んだ時と同じ微笑みがそこにある。林君の姿は見つからなかった。

下北沢時代はほぼ毎回ライヴを追いかけていたピールアウトだったが、ここ数年はほとんど生のステージを観ていない。浩司君は「今回、この三つのライヴで色々一区切りなのよ。実は近藤君は今後日本語でやりたい、岡崎君は英語のままでって。岡崎君は日本語にするなら辞めるって本気で言ったしね」

「そうなんですか？　岡崎さん、『もしピールアウトの誰かが脱退するとか、解散するってなった時には俺、ギターごと捨てて音楽辞めようと思ってる』って言ってましたよね」


初めてＱｕｅを訪れた九五年四月二十二日の夜、終演後の騒めく階段で近藤さんから直接手渡されたカセット・テープ。五年以上の歳月を重ねた二〇世紀最後の大晦日のセットリストに、僕が彼らに夢中になった日々の象徴、初期の〈レット・ミー・シンク・イン・ザ・ディープ・レディッシュ・スカイ〉を選んでくれたことに一方的に感謝した。宣言されていたビートルズのカヴァーは〈アイ・アム・ザ・ウォルラス〉《アビイ・ロード》B面メドレー〈ゴールデン・スランバーズ〉〈キャリー・ザット・ウェイト〉〈ジ・エンド〉。浩司君が全身全霊で叩きまくる〈ジ・エンド〉のドラム・ソロからはバンドに賭ける想いが溢れ、まるでステージに置かれた噴水から水滴が飛び散ってくるようだった。

同時に、ビートルズが解散を予感して制作した《アビー・ロード》のB面を敢えてカヴァーした意図が、ピールアウトの「生前葬」なのではないかとも感じられた。これからは三人それぞれがより自分に正直に残酷に音楽と向かい合うという決意表明。その結果、ピールアウトが破裂しても構わない、ファンや支持者に対してそう仄めかしているようにも僕には思えた。

深夜。竹原君と弟・阿楠と共に、明治神宮に初詣に行くため渋谷の街を歩き始める。僕らは井の頭通りの坂道を上り黄色い看板が目印のタワレコ渋谷店のビルの前にたどり着く。この時、仰天したのがビル全体が、デビュー曲〈LADY MADONNA ~憂鬱なるスパイダー~〉以来、次々とシングルをヒットさせ勢いに乗るLOVE PSYCHEDELICOのファースト・アルバム《ザ・グレイテスト・ヒッツ》の印象的なイラストで大々的に包まれていたことだ。まるでバルセロナのサグラダ・ファミリアやギリシャの大神殿のように……。

渋谷の中心に聳え立つ、世界の音楽文化の象徴のようなビルがひとつの新人バンドの作品で完全に彩られている。シングル群の快進撃から一月十一日に発売される彼らのアルバムが猛プッシュされるであろうことは予測がついたが、これほどまでとは思っていなかった。何より羨ましかったのは彼らが通常の日本の音楽業界で築き上げられてきたルール、メソッドとは違う新しくピュアな方法で成功を手にしようとしていたことだ。軸足はマニアックでありながら大衆にも届く絶妙なバランスでまとめ上げられている。僕がやりたかったことは、本質的には彼らと同じことだった。ただ、彼らはそれを何倍も高いクオリティでスタート地点から完成させている。正直、悔しかった。

通り過ぎるタイミングで、閉店したタワレコ渋谷店の前でふたりの男女が記念写真を撮っていることに気がつく。驚いたのは、その男女がまさしくメディアで知ったそのままのLOVE PSYCHEDELICOのふたりだったことだ。あ！　と思った瞬間、ギターのNAOKI君と言い逃れできないほど完全に目が合ってしまう。僕は勇気を出して「すみません、LOVE PSYCHEDELICOの方ですよね」と挨拶することに。すると、彼は「ノーナのゴータさんですよね？　僕、すごい好きなんですよ」と優しいムードで答えてくれた。

「僕のこと知ってくれてるんですね、嬉しいです」

「もちろんですよ、NAOKIです。多分同い年なんですよ、俺たち、七三年生まれ」

「同い年！　それにしても驚きました。ビルごとプッシュされてるじゃないですか」

僕は、出来るだけ堂々と明るい声色を保ったまま言った。

「いや、僕らもここまでと思ってなくて。スタッフと今から集まって飲もうかって、こんなとこ見られてちょっと恥ずかしいな」

「ヴォーカルのKUMIです。はじめまして」

「二十一世紀になるこんなタイミング、この場所で会えたなんて、何か縁がありますね」

僕は言った。次の瞬間、二〇〇一年一月一日に日付がちょうど変わり、年が明けた。

「ゴータ君、明けましておめでとう」

時計を見て、NAOKI君があたたかいトーンの声で言った。

「明けましておめでとう。また絶対、会いましょうね」

僕は笑って、明治神宮の方向へ足をむけふたりに手を振る。

「またねー」

NAOKI君が言った。

この後リリースされた彼らのアルバム《ザ・グレイテスト・ヒッツ》は、百六十万枚以上のセールスを記録している。


変わったものと変わらないもの、手に入れたものと失ったもの……。いつだって自分はそこにある「今日」を生きることに必死だった。周りを見る余裕などない。ただ何故か逆境やドン底、もう終わりだ、と絶望するほんの少し手前で「見えない力」に助けられ時を重ねてこれてここにいる。前に歩く者を追い抜かし、軽々と後ろから追い越されてゆく日々。ひとつの夢を叶えても新たな壁が目前に現れる。何もかもすべては一時的なことだ。ひとりひとりに与えられた役割があるとすれば、僕の役割は何なのか。誰もが自分以外の誰かにはなれない。だとすれば、自分にしか生み出せない音楽があるはず。

ワクイさんが残してくれた言葉が頭に浮かぶ。「思いこめる才能」。それが今の僕にもあるだろうか？　根拠など何も無くてもただひたすら自分の未来が明るいと思い込めた無邪気な才能が。少し考えて答えを出した。大丈夫。大丈夫だと言い聞かせる。まだまだ長い夢の旅路の途中じゃないか。馬鹿みたいに、そう信じている。

時代の変化はほのかなる逆風の香りがしたが、諦める気はさらさらなかった。

（了）

初出：
「文藝春秋digital」2019年11月10日から2022年2月19日にかけて
発表した原稿に加筆修正しました。

カバーイラストに使用した楽器について

**Fender Jaguar 1963**（奥田健介 / NONA REEVES）
**Fender Jazz Bass 1964**（林幸治 / TRICERATOPS）
**Ludwig LM400 1964**（小松シゲル / NONA REEVES）

**西寺郷太**（にしでら ごうた）

1973年東京生まれ京都育ち。ノーナ・リーヴスのシンガー、メイン・ソングライターであり、バンド以外でも作詞・作曲家、歌手、音楽プロデューサー、文筆家、MCとして活動している。「GOTOWN STUDIO」主宰。著書に『噂のメロディ・メイカー』（扶桑社）、『プリンス論』（新潮新書）、『伝わるノートマジック』（スモール出版）など。

---

# 90's ナインティーズ

2023年1月30日　第1刷

著　者　西寺郷太《にしでらごうた》

発行者　大松芳男

発行所　株式会社　文藝春秋

〒102-8008

東京都千代田区紀尾井町3-23

電話　03-3265-1211㈹

印刷所　理想社

製本所　大口製本

DTP　ローヤル企画

※万一、落丁乱丁の場合は送料小社負担でお取り替えいたします。
小社製作部宛お送りください。定価はカバーに表示してあります。

　ISBN978-4-16-391649-1　Printed in Japan